HAVANA SONG

ANNE BERNAVILLE

HAVANA SONG

Roman

© 2021, ANNE BERNAVILLE

Édition : BoD – Books on Demand,

12/14 rond-point des Champs-Élysées, 75008 Paris

Impression : BoD - Books on Demand, Norderstedt, Allemagne

ISBN : 9782322394616

Dépôt légal : Décembre 2021

J'ai toujours eu l'impression de vivre en haute mer, menacé, au cœur d'un bonheur royal.

> Albert Camus

Le paradis, c'est d'être là. Je remonte le sentier côtier. En contrebas, l'océan. Une longue écharpe de brume vient de se déchirer. A travers les pins et les genévriers, je le distingue à peine. Il est bientôt minuit et pourtant tout est clair. Sa beauté me serre le cœur. Sur un rocher de granit, une ombre majestueuse domine l'extrémité. L'écume de nuit disperse ses diamants en suivant le sillage de lune. Je respire. Tout est pur. Le vent du large se mêle aux fougères brulées par les feux de l'été. Au bord du ravin, je reste médusé. Mon sac à dos ne me pèse plus. Un pas de plus et c'est le saut de l'ange. Je me retourne. Un vaisseau de verre défie l'horizon. Un sémaphore.

Dans la lumière calme du soir, rien ne m'est étranger, ni les fenêtres aux vitres opaques, collées par le sel des tempêtes de l'hiver, ni les grincements de sa grande carcasse de bois et de métal. Je sens venir l'exil, enfin.

Inexorablement, la mort du monde progresse. Seul son écho lointain résonne encore. Je passe le muret couvert de mousse. Une rafale de vent fait claquer ses haubans immobiles. Le chahut déchire ma solitude. J'avance. Quelque chose s'évapore. La lumière disparait dans la brume. J'ignore tout de ce lieu qui déjà m'attire.

Rapidement, je fais le tour du vaisseau dont les portes sont cadenassées. Je décide de lancer une pierre contre le vitrail arrière du navire de verre. L'air s'engouffre avec moi. Une joie s'empare de ma tête coupable.

A la lueur de la lanterne, je découvre une grande pièce drapée de nuit. Le sémaphore semble à l'abandon après l'apogée d'une vie de sentinelle. Une vague odeur de moisissure et de poussière, mêlée au tabac blond, flotte encore dans l'air.

La paix de ce lieu oublié du monde est partout, dans la pénombre des recoins, dans l'éclat argenté de l'océan, dans le silence à peine troublé par les cris des oiseaux.

Inquiet, fébrile, je dépose la lanterne sur la table ovale près du vieux poêle puis retire la housse d'un fauteuil club au cuir craquelé par le temps, qui ne compte plus.

Dehors, un papillon de nuit s'écrase contre la vitre, piégé par la lumière artificielle. Peu à peu, ma colère s'évanouit. Je pense à ses ailes qui ne lui servent à rien. Non. Il ne rentrera pas. Je déchire un bout de carton pour colmater la brèche dans la vitre. D'un battement, le papillon s'éloigne dans l'obscurité.

Le silence revient. Je songe. Le sémaphore n'est plus abandonné. Il sera ma dernière demeure. Ici, personne ne me retrouvera. Je renverse mon sac sur la table.

Il me reste juste de quoi survivre. Un quignon de pain, du jambon fumé et une bouteille de vieux rhum. Une grande rasade réanime mes veines, mon corps encore transi après des heures de nage, à lutter contre les courants glacés. Sous un filet d'eau chaude, je passe d'abord ma tête, puis la lame de mon couteau de poche. Je ne comprends toujours pas d'où vient ce sang séché. Peut-être, d'une ancienne blessure. Debout, chancelant, face à l'obscur océan, je dévore les vestiges du ciel.

Une pluie fine me brouille la vue, à moins que ce ne soit les premiers ravages de l'alcool. J'ai encore soif. Je bois chaque gorgée parfumée de soleils lointains.

La liberté retrouvée fait revenir l'horizon. J'ai toujours la même sensation. Là où je suis, quelque chose me répare. Maintenant, je sais. L'océan. C'est lui qui me sauve pour le temps qu'il me reste à vivre. J'ai fait table rase d'hier, de la beauté du geste, de la fille sublime pour laquelle on tue pour un regard.

Ce soir, je suis épuisé mais ma volonté d'en découdre reste intacte. Je n'ai plus besoin de cette incorrigible espérance. Etrange, ce sentiment de légèreté depuis que tout est perdu, depuis que j'ai quitté l'autre monde. Au loin, un voilier traverse tel un vaisseau fantôme l'onde liquide.

Peu importe si elle était sincère ou non. Je l'ai fait. C'est tout. Depuis, j'ai tout oublié. La violence infinie reste mon dernier souvenir. Echoué sur cette île, il est impossible que je sois encore vivant. Pourtant, le feu qui coule dans mes veines me le rappelle sans cesse. Affalé dans ce fauteuil, anesthésié par l'alcool, je me concentre sur l'arme blanche posée sur la table. Il me semble qu'elle est ma seule véritable amie. Il faut que je me concentre. Faire cet ultime effort. Remonter le fil des évènements, au risque de découvrir au passage, la victoire ou la défaite.

J'allume un feu avec les dernières bûches humides qui trainent près du poêle. Des coupures de journaux datant du siècle dernier, c'est-à-dire de janvier, me servent de combustible. Des bribes de souvenirs embrasent mon âme. Des hurlements, une meute de chiens lancés à ma poursuite, des sirènes hurlantes, des brigades lancées à mes trousses.

Longtemps, j'ai couru à travers les plaines, les champs, en plein soleil, franchi les lits des rivières asséchées, parcouru les chemins des hameaux tabassés de chaleur, tapi dans l'ombre des sous-bois. Je ne suis qu'une bête traquée, crevant de faim, de soif. Pourquoi ? Pour rien. Un regard, un seul.

Je suis vivant mais mort. Près de mon linceul d'écume, les grondements incessants des récifs laminent ma tête. J'y suis. Je me souviens. Le soleil est mort ce jour-là.

Un train de nuit filant vers l'Ouest.

Je croise son regard furtif. Belle et solitaire, elle rêve. Un livre ouvert, posé sur la réglette, ses grands yeux noirs me dévisagent. Il est impossible de soutenir son regard. Je tremble mais j'ignore déjà la peur. Je ne sais pas ce qu'il va advenir. Et je m'en fiche royalement.

Elle se lève et descend du train. Sur le quai bondé, elle se retourne et m'observe d'un air grave. Je la rejoins. Nos yeux sont des poignards. Le piège se referme. Elle pose ses lèvres sur les miennes et s'enfuit en courant. J'entends son rire qui résonne dans le hall. Son écho me transperce. Je dévale les escaliers. Il est trop tard. Elle a sauté dans un taxi.

Quelqu'un me tape sur l'épaule. Je ne me retourne pas. Hypnotisé, je préfère suivre la voiture.

Il est midi mais il fait nuit. Je ne la reverrais plus.

Une voix impérieuse se rapproche qui déjà m'exaspère. Qui ose troubler la vision d'un ange ?

Un type en costume, coiffé d'un chapeau de paille, soutenu par une canne esquisse un rictus. Je grimace. Je ne veux surtout pas l'écouter. Je sais ce qu'il veut. On ne négocie pas avec le diable.

Le feu s'éteint. Les dernières braises de l'âtre ne seront bientôt plus qu'un tas de cendres. Une grande lassitude m'envahit. Allongé sur le vieux canapé, la tête dans le ciel constellé de doutes, je m'égare. La lune me gouverne à distance. Mon âme perdue se disperse dans la forêt d'étoiles. Il n'y a plus rien à comprendre de cette nuit sauf de sombrer dans un sommeil profond.

Malgré la fatigue, je veille. L'esprit toujours en alerte, seul dans mon vaisseau de verre suspendu dans les airs me revient le gout de ses lèvres.

Un gout d'heure incertaine.

Son parfum oriental d'iris, de vanille et de musc mêlé à la fleur d'oranger, m'ensorcèle. Je replonge en arrière. Comme une douce fêlure dans la muraille du temps. Sculpté dans le marbre du malheur, son dernier sourire.

Trois heures du matin.

Un grand bruit fracasse le silence. Je me réveille en sursaut. J'avais donc sombré. Ce vacarme tonitruant, c'est lui. L'océan. Eternellement. Ses vagues se brisent contre les rochers. Déchainé par ses grandes marées, il menace même le sémaphore. Son tumulte me rappelle que tout se brise mais recommence jusqu'à la fin des temps.

Son chahut me donne un semblant de courage. Je me relève. Dans la cuisine, je déniche du café soluble. Noyée de rhum, la tasse de fer blanc qui frémit sur les braises, me tient en vie en attendant l'aurore.

L'aube a relevé ses filets. C'est une sirène aux écailles d'argent. A perte de vue, ses fiançailles à la splendeur, la surface de l'océan froissée par le vent, la majestueuse falaise de granit, l'envol des oiseaux migrateurs.

Le soleil d'or cire l'horizon. L'été poursuit les ombres jusqu'au fond des sous-bois, brûle les jeunes fougères, s'acharne sur les fleurs des champs, ravage tout ce qui craint la sécheresse. J'ai envie de courir sur le sable. Les vagues m'appellent. J'ai semé mon désespoir.

Je dévale le sentier qui mène à la crique. Le raffut des vagues me guide. En descendant, j'aperçois vers l'Est, une autre île, plus petite. A bout de force, mon corps me rappelle les efforts surhumains consentis lors de ma traversée. Il n'y a plus que le ressac pour me porter.

Enfin sur la plage. Je m'affale et ferme les paupières. Aussitôt, son étrange sourire me revient en pleine face. Peu à peu, tout refait surface.

Le taxi s'arrête. La porte arrière de la voiture s'ouvre. D'un geste de la main, elle signe mon salut. J'échappe de justesse à la meute en uniforme qui me pourchasse.

Une joie barbare m'inonde le cœur. Je suis sauvé de la plus belle des manières. Sa main qui me frôle, ravage mon âme. Elle me fait signe de garder le silence. Je le chéris déjà. La voiture file à pleine vitesse hors de la ville. Chaque minute qui défile, a un gout d'éternité.

Devant les grilles d'une maison de pierre rose, cachée derrière de grands arbres plantés au bord de la Loire, la voiture s'immobilise. Les hautes grilles sont ouvertes. Nous nous avançons vers la grande allée.

Perdu dans mon labyrinthe intérieur, j'évite de penser. Plus rien ne m'atteint. L'instant souverain m'assaille. Mon cœur ne bat plus que pour le vivre. Je ne touche déjà plus terre. Inutile de ferrailler contre l'évidence. Elle fera ce qu'elle veut de moi.

Sous mes pieds, le sable brûlant. Pourtant, je n'existe pas. Je ne suis qu'un ange perdu. Les premières vagues progressent vers moi. Le sel creuse ma peine. Au loin, une lueur inconnue qui passe me rend presque heureux. Je tente de laisser s'évaporer les heures fâcheuses, en vain. En vérité, je ne me souviens que de ça.

Il y avait dans le ciel, une lumière éternelle, le même éclat dans ses yeux, un battement de cils majestueux. L'instant de grâce. L'éclair suivi de l'enfer.

Nos âmes flottaient dans l'air bleu. L'heure incertaine régnait sur tout ce que nos imaginations n'osaient faire. Blottis au sein d'un jardin d'hiver, nos corps en fièvre.

Dans la douceur du soir et le parfum des fleurs, entre les bouquets du crépuscule et les palmiers noirs, sous le regard envieux de deux oiseaux en cage, nous nous sommes aimés.

Allongé sur la grève, indifférent à l'aube nouvelle, au soleil, même l'océan, désormais, ne me rassure plus. Le manque de sommeil, l'alcool, me fendille le crâne.

Chaque nuit, je veille jusqu'au matin pour la retrouver. Maintenant, je connais ma destinée. Dans cette vie ou la prochaine, en enfer ou au paradis, elle ne sera plus jamais à moi. Et le temps qui court, qui passe et raye d'un trait de plume le ciel d'ébène, n'y changera rien.

Je ne veux plus vivre plus longtemps.

Il sera facile de mourir, ici.

Je me souviens du bain de minuit dans le fleuve, de nos reflets déformés à travers les ombres du saule pleureur, du ciel trop grand, de la lune sous le vent, des courbes de son corps, si frêle. Je me souviens de l'ardeur de nos corps enlacés, livrés à la douceur et l'ivresse.

Je me souviens de notre dernier verre sous la jungle tropicale du jardin à l'atmosphère de bout du monde. La fièvre au bord des yeux, son mystère troublant, nos sangs qui se glacent, la pluie ruisselant sur le toit de verre, l'orage à venir, et ce vide, vertigineux, qui danse autour de nous.

J'ai tout aimé. Et surtout partir avant l'aube, ensorcelé par le parfum de sa chair, le gout amer d'une larme sur sa joue. Depuis, j'ai perdu tout désir, tout reste de vie humaine. Les nuits sont des corridors sans lumière. Même la mélancolie ne contient plus cette rage qui gronde. C'est sûr. Tôt ou tard, je fais faire un malheur.

Tant bien que mal, je me relève, cours vers l'océan et plonge. Les vagues m'emportent vers le large. Je lutte de toutes mes forces pour revenir vers le rivage.

Sur la plage, un grand chien aboie. Je ne suis plus seul. Un type à l'allure enjoué traine sur le sable une annexe de bateau. Il porte des bottes de pêcheur. A l'intérieur de l'embarcation, juste des casiers vides.

Il parle tout bas. Je ne comprends rien à ce qu'il dit. Tant mieux. Le Border Collie qui le précède bondit de joie. Ils me fatiguent. Je rejoins le rivage en détournant le regard. L'annexe mise à l'eau, l'homme démarre le moteur puis invite le chien à monter à bord. Je fais de mon mieux pour les ignorer. Le sillon qu'il a tracé sur le sable avec son ersatz de liberté flottante m'indiffère. Bientôt, l'océan reviendra effacer leurs traces.

La véritable noblesse est solitaire. Je grimpe vers le sémaphore par le chemin le plus aride. Il est midi. Quelque chose se trame, plus fort que la limaille du soleil, cet éternel menteur.

Dans ma tête, les mêmes images qui m'assaillent, le même vertige.

Je saute par-dessus le talus et enjambe le muret qui me sépare de mon vaisseau de verre. A l'intérieur, l'ombre se fait de plus en plus rare. Tapi au fond du salon, j'observe un nuage de poussières voltigeant dans l'air. L'atmosphère est particulière. Ce sémaphore me plait. Je vais pouvoir passer à l'acte.

Aujourd'hui est un jour léger, délesté de toute emprise. Il ressemble à ces ballons gonflés à l'hélium. Je pense au reste du monde qui tapine pour quelques miettes de bonheur en plus, accroché au grand sablier du temps. Minable.

L'aventure d'une seule nuit a semé ses grains de folie. Tout au fond de ma poche, quelque chose me rassure. Je serre contre ma paume la lame tranchante du canif. J'imagine...Je n'ai plus besoin d'interroger le ciel vidé. Je connais sa réponse. Et après ? Que vais-je faire ?

Je l'ignore. Pour l'instant.

Son fantôme m'accompagne mais son visage s'éloigne. Aucun détail, même infime, ne s'efface.

Son corps à la dérive, entre les herbes hautes, son beau visage de glace.

Elle s'est envolée sans savoir que je l'aimais. Tous les chemins des songes mènent vers son mausolée sacré. Ultime vestige d'une nuit qui ne finira jamais.

Un rai de lumière traversant la pièce, illumine un grand livre poussiéreux, abandonné près du poêle. Ses belles pages arrachées, froissées en boule, à côté des rondins de bois ne laissent planer aucun doute sur sa destinée. Finir en fumée. Triste sort pour un objet aussi précieux. Je défroisse ses pages torturées afin de retrouver sa trame. D'un revers de main agacé, je chasse l'affront et l'oubli. Dans un nuage de poussière, le titre apparait : *Belle-île*.

Etrange. La beauté s'invite à mes funérailles. Ce livre d'histoire et de géographie entièrement consacré à l'île, m'attire sans que je comprenne pourquoi. Agrafées au cœur de l'ouvrage, de jolies cartes dessinées à l'encre bleue détaillent avec précision sa topographie. Mon cœur se serre comme pour un rendez-vous amoureux. Cernée de toute part par les courants de l'Atlantique, l'île semble vraiment magnifique. Tout cela m'intrigue. Pourquoi me suis-je échoué ici ?

La porte du sémaphore vient de claquer. Une rafale en plein midi sous un soleil de plomb, de mieux en mieux. Le silence revient, à peine troublé par le faible chahut du ressac. J'étale les cartes anciennes sur la table puis reprend une gorgée de rhum avant de dévorer le livre. La mort peut attendre. Ce livre n'est pas là par hasard.

L'heure mystérieuse s'écoule sans bruit et sans heurt. Comme un forcené, je cherche l'endroit exact où je me suis échoué. Le sémaphore est situé au Sud Est de l'île. Port blanc est la crique située la plus au Sud. Ce fut-là.

L'histoire de l'île me passionne. La légende parle de fées de la forêt de Brocéliande jetant leurs couronnes de fleurs dans le golfe du Morbihan. Trois d'entre elles furent emportées par le courant hors du golfe. La plus belle, reine des fées, créa Belle île. Avant la légende, des grands navigateurs grecs la baptisèrent : *Kalonesos*.

L'esprit chagrin s'évapore. Au fil des pages, sa beauté sauvage m'ensorcèle. Partout, des vallons verdoyants, des plages de sable fin, des plaines livrées aux ajoncs et aux oiseaux de mer, des petits ports naturels se faufilant dans la lande, des aiguilles de roc dans la fureur des flots, des nuages d'écumes s'élevant dans le vent.

J'entre en dissidence. J'ai envie d'explorer ce caillou au cœur de tant de convoitise depuis la nuit des temps. Un nouvel enthousiasme règne au sein du sémaphore. Couché à même le sol, les yeux rivés sur le livre, happé par l'envie de tout savoir, je m'étonne de tant d'ardeur. La poussière qui se mêle à la lumière, se confondent en grains d'éternité. Je me relève.

Dehors, je respire le vent de mer. Le luxe est partout. Terminé, les dimanches d'ennui, à mourir, à trainer le long des quais des chantiers de Nantes en attendant en vain la prochaine mission. Je suis un capitaine au long cours qui a fait plusieurs fois le tour du monde à bord de sa goélette mais qui n'a jamais réussi à faire le tour de soi-même. Mon cœur est fatigué d'avoir trop vécu.

De plus en plus ivre, je me marre tout bas. Incroyable. Pourquoi toute cette splendeur pour mes funérailles ? En guise de réponse, je décide de planter au hasard le canif sur la carte géographique.

En route. Il est grand temps de lever le camp. Peut-être, est-il encore temps de vivre.

L'éclat du soleil m'aveugle. Devant l'horizon, je grille une cigarette. Le nuage de fumée s'évapore. J'hésite.

Dans ma tête résonne toujours le chant de l'Angélus. Les cris de la horde me reviennent. Tous ces hommes qui me traquent pour un crime que je n'ai pas commis. Tous ces témoins dans ce fichu train qui firent mine de ne rien voir, et surtout de ne rien dire. Tous ces petits lâches aux visages familiers, ces grands habitués de la ligne Paris Nantes m'ont pourtant surement reconnu. Personne pour bouger de son siège. Personne pour tirer sur la sonnette d'alarme. Tous terrorisés par la rumeur.

Aujourd'hui, je ne suis plus qu'un fugitif. La rage me tenaille. La sentence est tombée. Je suis coupable d'un crime imaginaire. Ils peuvent tous aller au diable. Eux et leur drôle de justice. Je préfère mourir sur le champ que de croupir un jour en prison à la place d'un autre. C'est décidé. Cette île perdue sera mon dernier voyage. J'embarque. Sac à dos à l'épaule, gnôle en bandoulière au cas où. Sans oublier la carte. Un objet attire mon attention au fond de mon sac. Une enveloppe scotchée. A l'intérieur, une liasse de billet et un bout de papier.

« *Le poète est semblable au prince des nuées. Ses ailes de géant l'empêchent de marcher. Vole Albatros. A* »

Ma vie est plus opaque qu'une brume d'hiver.

Je souffle sur les braises. J'enfume l'air pur.

Coup d'œil au sentier qui mène jusqu'au sous-bois à flanc de falaise. J'entends l'océan gronder. Il est le seul à se faire l'écho de ma colère. Je ne veux plus crever. Je retrouverai l'ennemi qui m'a tout volé. Je dévale le sentier. La lumière et le désir m'assaillent. La beauté est dans chaque regard. La splendeur sera mon salut. Entre les ombres des pins maritimes, les collines de fougères, le tumulte de l'océan, il n'y a plus d'espace pour les plaintes et les regrets. Dans mes veines coule du sang neuf. Je veux encore rêver.

Au bout du chemin, une nouvelle ode à l'exil insulaire. Une crique à faire pâlir le ciel. Plus rien ne m'est égal, ni la route en plein soleil, ni les fleurs rares des maquis, ni l'odeur du large mêlée aux parfums d'Eucalyptus. Ma tête brulée s'étourdit de marcher sur les routes de l'île qui porte si bien son nom.

Stupeur devant la petite place du village de Locmaria. Pétrifié, je tombe à genou. Face à l'église, le christ me regarde. Je baisse les yeux, longtemps.

J'entre. Aussitôt, tout me happe. Le silence trompeur des saints, la lumière sacrée filtrée travers les vitraux, l'odeur de l'encens. Quelques pas dans la pénombre lumineuse et les jours sombres se dissipent.

A côté de l'autel, une sainte tient un bouquet de roses. Non. Je ne rêve pas. La statue de chair bouge la tête. Elle me sourit, presque comme avant. J'entends son cœur. Il est si grand. Je ne le mérite pas. Je tremble. Elle a quelque chose à me dire. Je m'approche plus près. Elle me lit une lettre.

Ce n'est pas un texte sacré. Encore moins une prière. C'est de l'amour brut. Ou encore mieux. De l'amitié. Dehors, je fais face au soleil. La métamorphose a eu lieu. Une missive à envoyer. Voilà l'urgence. La poste est ouverte. Tant mieux. Je reprends espoir et ma route. Une joie profonde me monte dans l'âme. Je prends le sentier qui s'enfuit vers la côte sauvage, guidé par les funérailles du jour. J'aime cette île bénie des dieux. Ici, tout est possible. Même imaginer la victoire.

Je vais commencer par le tour de l'île. J'ai le temps. Tout le monde me croit mort. Personne ne peut croire que j'ai pu traverser à la nage une si longue distance. Pas plus que d'avoir parcouru tous ces kilomètres à pied. Leur meute de chiens a fini par perdre ma trace à la presqu'île de Ruys. L'océan sauve les justes.

A port Navalo, j'ai passé la nuit dans la cale humide et sale d'un vieux voilier. La planque fut de courte durée. Délogé avant l'aube par le propriétaire. Rien de grave. Rien que le léger clapotis d'une vie recluse. Plus rien ne compte puisque demain quelqu'un me lira.

Au bout du chemin, j'aperçois l'océan. Au-dessus des déferlantes, des oiseaux blancs tournoient dans l'azur. La beauté me surprend à chaque détour, sur chaque versant. D'abers irréels cristallins en plages blondes, juste foulées par les virtuoses du ciel, je m'émerveille. De la pointe du Skeul à l'anse Pouldon, nul âme en vue. Il fait encore chaud. Aucune ombre, aucun refuge. La corniche m'offre son précieux vertige. A l'extrémité de la pointe Saint-Marc, le bout du voyage. Au bord du précipice, je peux enfin souffler. Juste contempler la course des nuages. J'ai envie de voler.

Dans ma tête, tout se presse. Des tourbillons d'images me parlent. Toujours le même jardin d'hiver.

Sous un soleil artificiel, au sein d'une forêt luxuriante exotique, deux statues se toisent depuis des lustres, campées sur leurs socles de pierre. Une fontaine d'eau murmure. Un perroquet nous observe. Allongés sur le divan, nous nous aimons. Nos souffles s'évaporent dans la ferveur du soir chargé d'essences rares.

Parmi les fougères, les palmiers et les orchidées, flotte dans l'air suave, le doux parfum des voyages immobiles. L'onde serpente entre les lianes, inonde nos âmes pendant que nos corps, livrés à l'extase, se consument.

Dehors, il fait encore chaud. Dans le vent tiède, les parures des grands saules martyrisés par l'été, illuminent les sombres allées. Aux cimes, les corbeaux attendent leur heure. Je n'attends que ça.

Asphyxié par le poison cruel des souvenirs voluptueux, je suffoque. Debout sur un rocher au bord du gouffre, la tentation de voler me revient encore. Je ne fléchi pas. Je ne flancherais pas. J'ai trouvé bien plus grand que ma petite existence. L'amitié.

Je bois la lettre et vide d'un trait la bouteille de rhum. Suspendu au vide, les mots ont le gout d'alcool brûlé.

Mon âme s'envole toujours vers un même lieu, notre jardin d'hiver. Légende ou vérité ? Qu'importe. J'aime à la folie l'ivresse des songes.

Le vent se lève. Je suis debout. Je suis vivant.

Je suis l'Albatros.

Cher Gustave,

Lorsque tu liras cette lettre, je serais surement mort. Mais ce n'est rien. Juste une onde de plus sur l'océan.

Comment vas-tu ? Tant de fois, j'ai pensé à toi. Saches que je ne t'ai jamais oublié. Saches surtout que nos rêves ne furent jamais perdus. Ils m'ont porté loin, si loin.

J'ai traversé les mers du monde à bord de mon voilier baptisé Gustave en hommage à mon seul ami, toi.

Te souviens-tu encore de notre barque construite de nos mains avec laquelle nous naviguions tous les mercredis sur le fleuve ?

Ainsi, les grandes idées funestes de mon défunt père consistant à vouloir me faire endosser l'affreuse robe de magistrat comme lui, n'eurent pas le dernier mot. Qui suis-je pour juger les autres ? Personne.

Juste un homme si faible face au regard de Dieu, si faillible face au jugement dernier.

Un beau jour, j'ai filé. Il ne m'a jamais retrouvé.

J'ai d'abord travaillé dur comme apprenti mécanicien sur des vieux cargos d'infortune. A seize ans, j'ai pu m'acheter mon premier voilier ! Sans plus attendre, j'ai largué les amarres ! Quelle odyssée fantastique ! J'ai découvert les plus grandes merveilles !

Tu sais. Le monde est incroyable. J'ai vécu tellement d'aventures ! J'ai rencontré parfois l'amour, souvent la solitude mais jamais je n'ai connu la belle et grande amitié comme la nôtre.

Aujourd'hui, c'est bientôt la fin. J'ai à peine trente ans mais j'ai l'air d'un vieillard. Ma dernière volonté est désormais de te retrouver, toi, Gustave, mon cher ami. J'espère que tu n'as pas quitté ta tanière de capitaine, depuis tout ce temps et ce si long voyage.

Amitiés.

Jonas.

Ps : La nuit prochaine, si à l'heure où la lune est au plus haut dans le ciel, tu ne trouves pas le sommeil, lève-toi, file à la fenêtre puis regarde en direction du grand phare. Si le cœur t'en dit, va vers sa lumière...

Suspendu à l'espoir d'encre séchée, je lézarde au soleil. Le temps égrène sans moi son chapelet absurde. Il n'y a plus d'éternité. Il n'y a que le présent qui passe et ne revient plus.

Il est presque six heures. De l'autre côté du versant, la lande couche avec le vent. Les fous de Bassan plongent à pic vers leurs proies. L'horizon allume ses derniers feux avant le grand incendie du soir. Mon cœur danse sur l'été. Demain, je reverrais, peut-être, mon cher ami. Je dévale la colline entre les massifs d'ajoncs et de bruyères. Leurs longues épines me piquent les jambes. Je ne sens rien. Ne compte que ma profonde entaille.

Au loin, je devine le grand phare. Encore un vallon charmant à passer, une colline qui prend feu à grimper, un chemin de ronces et d'orties à défier et un nouvel hameau apparaitra comme par enchantement.

La beauté me sauve.

Le soleil rouge se jette dans l'océan. Le ciel s'embrase. A perdre haleine, je cours dans les belles plaines. Oui. C'est sûr. Je serais à Kervilahouen avant la nuit.

J'arrive enfin au village. Ses maisons alignées en rang serré ont la couleur des jours faussement paisibles. Le long de la route, plusieurs pins déracinés trahissent la violence des tempêtes. J'aime cette île indomptée au climat si rude en hiver. Quelque part je lui ressemble. Je ne suis qu'un arbre qui a subi les assauts du blizzard mais lutte toujours pour sa survie. C'est dans l'épreuve que l'on devient fort.

La seule épicerie du village est ouverte. Sur ses étals, la plupart des fruits et des légumes proviennent de l'île. Tout inspire le festin. J'ai faim. J'écrase un peu plus la visière de ma casquette en toile puis rentre tête baissée. L'abondance me donne le vertige. Je dévalise un par un les rayons. Blasée par le défilé incessant des randonneurs à bout de souffle après s'être égarés sur les sentiers périlleux de la côte sauvage, l'épicière ne me regarde pas. Pour elle, je ne suis qu'un étranger de plus, un pauvre idiot de touriste qui pense tout connaitre sur son île après en avoir fait laborieusement le tour.

L'île ne sera jamais un théâtre grandiose à ciel ouvert où se joue la première d'une pièce apprise par cœur. C'est de vivre ici qui est grandiose. Je l'ai compris dès ma première nuit passée au sein du sémaphore.

Lunettes dans les cheveux, air farouche, mains froides mais œil ardent, je l'aime au premier regard. Pourtant, elle ne cherche pas à séduire. Au contraire. Ni malice, ni artifice. Le charme brut. Elle ignore à quel point elle est belle ainsi sans aucun artifice. Devant le comptoir, entre nous, l'atmosphère est électrique. Je me dépêche de partir. Je sais que je ne la reverrais pas.

La nuit tombe. Coup d'œil au phare. Il brille comme un feu dans la nuit. J'ai hâte de grimper en son sommet. Mon sac de vagabond plein à craquer me plombe le dos mais ne peut rien contre ma progression. J'accélère. Encore une allée aux herbes grillées. J'y suis. Enfin. Au pied de la tour, je contemple un instant l'ouvrage de quatre-vingt-dix mètres. Deux cent quarante-sept marches me séparent du graal, voir mourir le soleil sur l'horizon. Après avoir avalé toutes les marches de granite puis l'escalier de fer, je pose le pied sur le balcon. Au bord du vide, tout prend une autre tournure.

La tour de Goulphar m'offre en première loge, la côte sauvage déchiquetée, les hautes falaises, les sinistres aiguilles, de Port coton. Je m'approche au plus près du danger. A chaque instant, le paysage se métamorphose. J'aime jouer avec les facéties du vent. Je cultive le gout du risque. Mais je n'ai aucun mérite. Depuis toujours, la mort m'indiffère. Seule la perspective lointaine de la minute à venir me tient en haleine.

Cinquante mètres de portée m'inspire ce rêve ultime. Voler.

J'écarte les bras et embrasse l'horizon. A 360 degrés, la splendeur danse comme une toupie tournant sur elle-même. Je ne suis qu'un oiseau de passage aux ailes déchirées. Une larme coule sur mes joues, aussitôt séchée par une violente rafale de vent qui tente de m'emporter. In-extremis, je me retiens au balcon.

Ultime regard vers le rivage mordoré plongeant dans l'obscurité avant d'entamer la descente. Les visiteurs du soir sont partis depuis longtemps. Je traverse le hall désert et fais le tour du petit musée entièrement dédié à son créateur à la recherche d'une cachette improbable. Le socle de l'ancienne orbite du phare fera l'affaire.

Je glisse le mot sous le socle puis file vers la sortie où trépigne le gardien. L'imposant trousseau de clés à la main, il est pressé d'en finir avec son visiteur du soir. La lourde porte se referme sur mon secret. Au moins, celui-là sera bien gardé.

Il fait nuit pâle. Une pluie d'étoiles inonde le ciel mat. Je ne suis plus seul. La lumière mobile du grand phare est omniprésente. Je me retourne une dernière fois vers l'astre fixe de verre puis reprend ma route en direction de Bangor, escorté par le faisceau surpuissant.

Bangor. Rien ne bouge. Je passe le bourg trop endormi pour mon esprit en fièvre et poursuis mon chemin vers Palais, le port de l'île le plus animé. Je cherche juste pour quelques heures la chaleur contagieuse, l'ivresse joyeuse d'une taverne bondée. Mon sac pèse une tonne mais mon esprit s'allège à la vue des lumières du port. Une pluie d'été ondule dans le vent tiède.

La succession de vallons m'épuisent. A la recherche d'un raccourci, je m'enfonce dans d'inextricables fourrés boueux. Je tombe, parfois, mais repars toujours. Longtemps, je ferraille à travers les bosquets de pins avant de me rendre à l'évidence, je suis perdu.

De grands corbeaux rayent le ciel d'ébène. Je progresse entre les ronces et les ornières. L'océan se rapproche. J'entends sa complainte provenant du fond des temps. Je suis peut être loin de tout mais je n'ai jamais été si proche de moi. La pluie ruisselle sur le sentier tortueux creusant un lit de cailloux qui serpente à l'aplomb de la falaise. Je chemine difficilement sur le ruban minéral serti de quartz et d'améthystes. Une fine écharpe de brume flotte sur la lande. Doucement, je descends vers une anse, uniquement guidé par le fracas des vagues déferlant sur les rochers.

Ici, la nuit sera courte mais belle. J'étale sur le sable ma veste de pluie puis renverse mon sac détrempé sur la nappe improvisée. D'un seul trait, je siffle le reste de la bouteille, récompense méritée après autant d'efforts.

Un faucon pèlerin me surveille. D'un vol puissant, il s'élance de la crête puis disparait dans la nuit liquide. Face au rivage, loin de la clameur du monde, je rêve, émerveillé par la beauté magnétique de tout ce qui brille et résiste à la nuit. Tout désespoir est dérisoire. Mes idées noires ne sont plus que du bois mort flottant, dérivant vers le large.

L'aube est bleue. La nuit blanche. Je n'ai pas dormi. La marée m'a joué un bien mauvais tour. Reclus au fond d'une grotte aux parois visqueuses incrustées de crustacés, j'avale juste de quoi tenir la matinée. J'ai soif. Sans café ni rhum, la journée commence mal.

La plage dorée au gout de vent, le soleil du matin me donnent le courage de piquer une tête dans l'océan. Dès les premières vagues franchies, je plonge dans le calice glacé et nage vers le large. La tête hors de l'eau, j'observe les dentelles du rivage. Le phare est visible. Je ne comprends pas. Quelle est cette nouvelle galère ? J'ai marché toute la nuit sans m'être éloigné de la côte sauvage. Je suis un idiot ou un fou.

De retour sur la plage, rien n'a changé. Le feu qui me dévore est toujours là. L'océan ne peut éteindre ma rage, ni faire vaciller sa flamme. Un immense frisson me parcourt l'échine. Le soleil incendie ma mémoire. J'ai l'impression de sentir la vie palpiter encore que lorsque j'y pense. Et même si j'entends les vagues me répéter qu'il faut recommencer, leur chant incessant me rappelle qu'il n'y a pas un son qui ne résonne autant que les cymbales d'un nom. Apolline.

Allongé sur le sable, mon esprit vagabond s'envole et s'amuse des facéties des nuages. Je file vers la lande, me frayant un passage entre les herbes folles et les orchidées, nées des fiançailles pendant la nuit de la pluie et du vent. En haut de la falaise, je saisis d'un regard où j'ai passé la nuit. Port Vazen. Jamais je n'oublierais cette nuit d'opaline sous le ciel obscur.

Le long du sentier côtier, le grondement de l'océan sur les récifs amplifie ma détermination. Sa colère est aussi éternelle. J'arrive sur le rivage juste avant l'apothéose. Une plage blonde cernée de rochers noirs sculptés par les assauts des vagues, scintille dans la lumière irréelle de l'étendue sauvage. Donnant.

Le film reprend. Chevelure au vent, intrépide face aux courants contraires, je l'imagine sauter, courir dans les vagues. Elle est encore là, éternellement là, sous le ciel lézardé dans son linceul d'écume.

Sur le sable humide, je dessine une fleur de lys géante. Une brise légère passe et caresse les grains d'éternité. Je regarde le ciel. Son silence en dit long. J'implore un pardon qui ne viendra pas.

Port Scheul, Port Puns, Port Kerledan. Aucune de ces anses n'a de mystère. Je marche. Non, plutôt, je vole. Infatigable, je dévore chaque ligne de crête, inspiré par chaque ravin. Habité seulement par l'instant, je foule le silence rare des hauteurs. Rien ne compte sauf ce qui m'enchante à cette heure sur ce chemin si singulier.

Quelqu'un me parle de très haut. Je crois comprendre. L'extrême solitude m'a enseigné la langue des absents. Non. Je ne suis pas fou. J'ai juste changé de dimension. Un autre sens existe. Une passerelle à la frontière entre des mondes parallèles. Le monde sensible. Et l'autre monde, mystérieux, peuplé d'âmes. Ce langage secret, je le déchiffre désormais tel un primitif aux aguets. Tous mes sens sont exacerbés par la survie. L'avenir ne se lit plus dans la fureur des orages ou des tempêtes, mais dans l'évanescence d'une brise légère, le faible battement d'ailes d'un insecte.

Des souvenirs sonores enfouis reviennent à la surface. Des sons étranges résonnent, venant du jardin d'hiver. Le mouvement perpétuel de la fontaine, le froissement de sa robe en soie, la musique de Mozart, un flacon de parfum se brisant sur le carreau, des pas rapides dans l'escalier et puis, plus rien, le grand silence.

Midi. Le soleil vertical sans pitié traque chaque ombre. Sa force zénithale me brûle les yeux. Une immense lassitude me gagne. Sous un pin parasol, je m'accorde une halte. L'inventaire de ce qu'il me reste est rapide. Une misère. Un quignon, du fromage et une cannette de bière. Pourtant, ce déjeuner frugal fait mon bonheur. Je goute au luxe de la paix solitaire sous l'ombre verte.

L'autre monde n'est pas loin. Il est dans le murmure du vent dans les feuilles, la fleur dessinée sur le sable en poudre de coquillage s'envolant vers la dune. Et si mes muscles sont pétrifiés, mon âme rebelle reste exaltée. Vainqueur de la horde lancée à mes trousses pour un crime imaginaire, j'ai faim d'autre chose. La colère ne me tient plus. La tentation des abimes s'est volatilisée. La noblesse, ce n'est pas de me laisser mourir mais de lutter sans cesse contre la mort.

Finalement, je possède l'essentiel, une femme à aimer jusque dans l'autre monde, un ennemi à tuer.

Je pense à mon cher ami Gustave.

Peut-être, il a lu ma lettre. Je brûle de le savoir.

Cette fois, je repars vers le sud. Mes pas sont de plus en plus lents mais mon esprit de sentinelle reste alerte. Soustrait au monde, rien ne peut entraver ma route.

Ni les larmes, ni les joies, ni les adieux.

Tout ce qui déchire et attache.

Je ne porterais plus le fardeau de l'ange déchu.

Les ailes de l'Albatros sont bien trop légères pour vivre la vie des autres. Je suis une espèce à part, mi-homme, mi-oiseau. Un étranger aux contingences terrestre.

A l'autre bout de l'île, un voilier à la coque bleu marine vient d'accoster. A son bord, irrité par sa mauvaise nuit de navigation sur une mer agitée, Gustave fulmine. La lettre mystérieuse de son ami Jonas ne lui inspire rien de bon. Dix ans sans aucune nouvelle et voilà qu'il réapparait comme par désenchantement. Concentré sur ses manœuvres compliquées à l'amarrage, ses gestes brusques trahissent son agacement et ses doutes quant au bien-fondé de sa présence sur l'île.

Tabassé de chaleur, un certain calme règne sur le port de plaisance de Palais. Sur le quai, les rares touristes ont tous déserté les terrasses orientées en plein soleil pour se réfugier dans la pénombre des bistrots.

Des cristaux de lumière scintillent sur la mer. Certains ricochent contre les belles coques blanches des voiliers. Quelques marins se prélassent à l'ombre de leur carré en sirotant des bières blondes.

Coup d'œil rapide aux alentours. Face à son voilier, deux jeunes filles magnifiques partagent une bière en fumant des petits cigares. La terre ferme est séduisante. Gustave saute sur le quai et se plante devant le café.

- Vous nous faites de l'ombre !
- Désolé.
  Pouvez-vous m'aider ?
  Je cherche le grand phare.

L'air désinvolte, elles lui répondent en cœur.

- Prenez la direction de Bangor par les portes de Palais.
  A Bangor, continuez vers Kervilahouen.
  Là-bas, vous ne pourrez pas le rater.
  Il vous suffira de lever les yeux.
- Vous savez où je peux louer une moto ?
- Un peu plus loin, à l'arrière du port.

Répond la fille aux yeux de lagon.

- Merci. Je fonce. Adieu.
- Au revoir…Plutôt.
  Tout le monde finit pas se croiser, ici.

Au Nord, le vent se lève. Je file vers l'extrême Sud en passant par l'intérieur de l'île. Je traverse des hameaux désertiques dont les maisons parfaitement alignées aux couleurs vives mentent. Ce n'est pas la gaité qui règne ici mais l'irrévérence au monde et à une certaine idée convenue du bonheur. Les fenêtres et les portes restent ouvertes mais le mal sournois des villes n'entre pas. Devant un panneau planté à l'entrée du Grand Cosquet, je souris.

« *Ralentir. Enfants en liberté.* »

Je ralentis, donc. Je sais désormais pourquoi cette île m'envoute. Je peux rester un enfant sans avoir mentir. Jouer à la comédie inhumaine m'accable. Longtemps, j'ai perdu ma mise au poker menteur. Aujourd'hui, c'est terminé. Je vis tel que je rêve. Rien ne vaut l'état d'exaltation suprême de l'enfance. Du vent, un océan, un sémaphore. Voilà, mon unique royaume.

Deux heures de fournaise à tuer. Les ombres des arbres se rétrécissent sur le bitume chauffé à blanc. Le mercure grimpe encore. Je traverse le silence des créatures terrestres, plombées par l'étuve. Le soleil m'écrase. J'enjambe le fossé de terre cuite afin de bifurquer vers la plaine. Tout me semble étranger. J'attends la nuit.

La dernière route, la plus sinueuse, la plus belle, mène directement à l'océan. Je ne pense même plus à boire. L'injustice m'obsède.

Enfin, le sémaphore. Je pénètre par la petite salle de vigie avec la sensation d'embarquer sur le navire d'un autre siècle. Même délabré, le vaisseau m'émerveille. Ses boiseries, ses huisseries rongées par l'humidité des hivers interminables, ses fissures, ses objets ordinaires, tout dégage l'atmosphère extraordinaire d'une époque humble et glorieuse.

Ici, en ce lieu désuet, le voyage intérieur est un luxe. Un voyage immobile qui mène bien plus loin que tous les périples. Devant la fenêtre principale, posée sur un guéridon, une longue vue en laiton me fait de l'œil. Aussitôt conquis, je l'embarque au dehors.

Debout, face au feu qui couve sur l'horizon, je médite sur le vol soudain d'une libellule. Tout est redevenu calme, obscur, profond. Encore quelques secondes et la lune luira. J'aime ce bref moment où le soleil et la lune brille ensemble. Je fais un vœu.

Le soleil est à l'agonie, la lune sans pitié. A la longue vue, les étoiles ne brillent que de son absence. Rien n'y fait. La rage chemine. Je ne trouverai jamais la paix sans obtenir un jour réparation.

En voyage dans un autre temps, je mets le cap vers cet objectif ultime, encore évanescent. Du très-fond de ma mémoire, je distingue la lame du couteau, dans la nuit.

Je remonte dans le train. La cloche du départ retentit, puis, le coup de sifflet du contrôleur. Des voyageurs en retard se pressent sur le quai bondé avant la fermeture des portes. Dans le wagon de première classe presque désert, le contraste avec la foule hirsute se bousculant à l'extérieur, est saisissant. Je m'installe au dernier rang, contre la vitre. Le couple qui me précède choisit le premier rang. Il n'y a que nous. Leur grande élégance m'impressionne. Ils ne ressemblent à aucun voyageur. Le train démarre. J'ai changé d'époque.

Je suis étranger à leur histoire. Pourtant, leur mystère me semble familier. Calé contre le siège, je les regarde. La jeune femme est sublime. Sa chevelure noire en cascade ruisselant sur un manteau d'hermine blanche me trouble. Son extrême beauté se mêle à sa tristesse. Une mélancolie se dégage. Son âme pleure en silence. Sa seule présence, déjà, me capture.

L'homme qui l'accompagne est gris. Ses cheveux, son costume, son imperméable, son chapeau, tout est gris. Même sa tête de faucon est grise. Il affiche l'assurance de ceux qui possède tout ce qui fait courir l'humanité et qui adore surtout en abuser. Je le déteste. Ses gestes brusques trahissent le rustre qui semble sommeiller en lui malgré le raffinement extrême de son déguisement. Derrière la vitre, la même grisaille. Le paysage de la campagne défile, dilapidé par la vitesse. Peu à peu, la laideur monotone des faubourgs disparait dans la nuit grise. J'entends à peine le roulis du train. Je rêve.

La mécanique des songes s'est substituée au roulis bien trop régulier du train. Soudain, un fort grincement me réveille en sursaut. Le train s'est arrêté brutalement. Coup d'œil au dehors. La nuit sans lune et sans étoile est vide d'espoir. Aucune gare avant des kilomètres. Nous sommes plantés sur les rails en plein brouillard.

Au centre du couloir, une valise est tombée. Aussitôt, Je me lève pour la ramasser. La jeune femme magnifique se retourne vers moi. Captivé, je ne respire plus. Sa grâce m'irradie. L'empire des sens règne. Il vient d'abolir à l'instant tout discernement.

Le type en gris dort. Elle se lève et s'approche de moi. Son parfum sucré oriental me donne la fièvre. Elle vient de ruiner ma volonté de lutter contre son charme. Je m'empresse de lui remettre la valise.

Le train redémarre. Je retourne à ma place.

L'orage est là, dehors, dedans.

Des gifles de bourrasques balayent la pluie battante. Mes tempes en nage, en feu, tambourinent. J'éprouve maintenant un profond malaise. Quelque chose cloche. Tel un automate désarticulé, je me lève et marche.

J'hésite à faire un pas de plus. Je le fais quand même. Ce que je vois, je le redoutais.

La tête du type est inclinée du mauvais côté. Personne ne dort ainsi sauf s'il est plongé dans le grand sommeil. Sa tête n'est plus grise mais vert pâle.

Emmitouflée dans sa grande hermine blanche, la jeune femme me fixe. Ses grands yeux noirs affolés semblent me menacer. Elle est encore plus belle, venimeuse. J'incarne l'imminence du danger. Je suis l'inconnu qui l'épouvante. Ce qu'elle ignore, c'est que je n'éprouve aucune curiosité. Je ne veux connaitre ni son histoire, ni son secret. Je devine le courage qu'il a fallu pour tuer cet homme. Sa grandeur consiste à avoir le cran d'affronter mon regard. Le reste lui appartient. Mon cœur bat de travers mais mon esprit reste lucide et droit. Ses yeux hurlent :

« Il y a des morts qui ressuscitent les vivants. »

Qui suis-je pour la juger ?

Pris dans le feu de l'évènement, je ne me défilerai pas. D'un geste ferme de la main, je retourne le cadavre.

Il a un poignard planté dans le cœur.

- Ce que j'ai fait, je vous le jure, il le fallait.
- Je vous crois.
- Allez-vous m'aider ?
- J'en ai peur.

Une joie barbare me terrasse. Elle a besoin de moi. Moi, je ne peux plus me passer de sa présence.

- Il va bientôt faire jour.
- Oui. Et il sera trop tard.
- Qu'allez-vous faire ?
- Prenez tout de suite vos valises.
  Et filez vers le dernier wagon.
  Je m'occupe du reste.

Le trouble a remplacé la menace. J'existe. Son émotion est ma première grande victoire. Je suis capable de tout juste pour le revoir encore une fois. La noblesse consiste à ne fonder aucun avenir sur la beauté du geste. S'enfoncer et ne rien ressentir. Suprême plaisir.

- Je vous attendrais sur le quai.
- Surement pas.

- J'insiste.
- Adieu.

Je veille jusqu'à l'aube. La peur tenace au fond de moi, je ne suis plus sûr de rien. Une seule chose dont je me souviens, m'obsède. La lueur dans ses yeux. Innocence ou malice ? L'espace d'un instant, j'ai cru entrevoir un ange venu du ciel. Maintenant, je passe la nuit en enfer.

L'impitoyable lumière fauve du soleil dévore l'aurore. L'horrible grésillement craché du haut-parleur annonce le terminus en gare de Nantes. Le manque de sommeil et d'alcool me tape cruellement sur les nerfs. A moins que ce soit autre chose. L'aube cruelle me le rappelle.

Je réalise à peine ce que j'ai fait. Un cadavre dort pour l'éternité dans un tombeau improvisé de tôle rouillée entre les fils électrique et les ferrailles de la voie ferrée. Je ne comprends pas. Je ne comprends plus.

Que s'est-il vraiment passé dans ce wagon maudit ?

Il n'y a qu'elle qui le sait.

Cette fille m'a jeté un sort.

Des voix s'élèvent des autres wagons et se rapprochent du mien. Un grand type arrive en boitant à ma hauteur. Il me bouscule avec sa canne. Je serre les dents puis détale, le couteau en main. Je regarde de chaque côté. La voie est libre. Sur le quai bondé, je la repère de loin. Mystifié, je cours vers mon ange noir. Je ne le sais pas. Je suis un homme perdu.

L'amour est plus fort que la peur.

La lune aimante la nuit insulaire. Je ne rêve plus. Soustrait à la fureur du monde, aux étreintes d'une femme dont j'ignore tout, je ne suis plus le capitaine navigant sur toutes les mers du globe mais un fugitif largué, une âme errante, perdue sur un confetti de terre au large de l'Atlantique.

Que suis-je devenu pour quelques heures de ferveur ? Si la noblesse aime le danger, l'idiot aussi. Prise dans le faisceau de ma lampe torche, une libellule, elle aussi aveuglée par l'intense lumière, se cogne contre la vitre.

J'entre dans le sémaphore. Je suis enfermé dans le noir, les yeux toujours rivés sur la belle mécanique céleste. Les constellations me parlent le même langage minéral. Je lis le livre mystérieux de la grande vallée du silence. Tout s'est éteint sauf ma colère qui ne s'éteindra pas. L'alcool me manque. Je fouille minutieusement chaque placard à la recherche d'une planque oubliée. Rien. Aucun combustible pour m'aider à consumer la rage. La nuit sera longue sans pouvoir l'oublier.

Trois heures du matin. Un magistral éclat de voix crève le silence. Je me lève d'un bond. Cette voix solaire, au sortir des tourments, des regrets et des remords, je la reconnaitrais entre mille. Cette voix grave et enjouée, c'est celle de mon ami, Gustave.

- Jonas !!
  Tu es là ?

Un ange passe. Il n'est pas dans le ciel. Ce n'est que la libellule qui réapparait. L'or de ses ailes brille de mille feux. Mon cœur s'emballe.

- C'est moi !
  Gustave !!
  Ouvre ! Nom de Dieu !!

Pas de réponse. Il me faut du temps pour croire en ce cri surgi de nulle part. Mon ami m'a lu. Et il est venu. Incroyable. Il a répondu à mon appel. Il est là. Je songe à son long périple pour arriver jusqu'à moi. Fébrile, j'allume une cigarette puis, la lampe de poche.

Un rai de lumière glorifie le visage noble de l'amitié. J'ouvre la lourde porte du sémaphore et me jette dans les bras de mon ami.

Gustave se dégage de l'étreinte et fait un pas de recul. Son œil acéré dissèque mon âme et exige la vérité.

- Pourquoi restes-tu dans le noir ?
- La lumière se voit de très loin, ici.
- Et alors ?
  Tu te caches ?
- Possible.
- Ne joues pas avec moi, Jonas.
- Tu n'as pas aimé mon jeu de piste ?
- Hilarant…
  Comme ton mot glissé sous l'optique du phare !
  J'avais oublié ton gout pour le mystère !
- Je savais que tu finirais par le trouver.
- Toi, en revanche, je t'ai perdu.
  Pourquoi toutes ces charades ridicules ?
- J'ai mes raisons.
- Jonas…Pas avec moi.
  Vite. Je m'impatiente.
  Déjà, que fais-tu dans ce sémaphore ?
- Je vais t'expliquer.
- Je t'écoute.
- Assieds-toi. Il y a un fauteuil près du poêle.
- Je ne vois rien.

- Tes yeux de félin vont s'habituer à la pénombre. La nuit est claire.
- Tu ressembles à une bête traquée.
- Je le suis.
- Quoi ?

  Toi, le navigateur dont les aventures m'ont fait tant rêver !

  Toi, l'explorateur du bout du monde, découvrant des terres inconnues, aux escales à faire pâlir les sultans des mille et une nuits !

  Toi, qui dilapidais ta jeunesse en facéties et en héroïques combats !

  Je te retrouve seul, retranché dans ce sémaphore moisi, recroquevillé entre une bouilloire rouillée, un poêle et un fauteuil usé jusqu'à la corde !

  C'est à peine croyable.
- Et pourtant, c'est la triste réalité.

  C'est tout ce qu'il me reste en ce monde.
- Mais tu trembles…Jonas, tu trembles…

  De peur ? De haine ?
- De rage.
- Raconte.

  D'abord, que fais-tu sur cette ile paumée ?
- Je me suis échoué.

- Ça commence fort.
  Toi, le grand marin ?
- C'est dur à croire. Je sais.
  Mais je suis arrivé à la nage.
- Donnes-moi quelque chose à boire.
- Rien à t'offrir.
  C'est le désert ici.
- Descends à la cave. Je te promets l'oasis.
  Aucun gardien vivant dans ce sémaphore ne peut tenir longtemps sans carburant.
  Un trésor se cache sous nos pieds.
- J'y vais.
- Et ne remontes que les bras chargés !
  J'ai encore foi en toi pour cette mission.

Quelques minutes plus tard.

- J'ai trouvé une caisse entière de rhum !
- Voilà !
  Je te retrouve !
  On va se descendre le Nil !
  Allez ! Trinquons !
  A quoi ?
  A ta nouvelle vie de Robinson ?

Gustave rit. Son rire magistral est aussi vaste que son esprit téméraire. Avec lui, toute tentative de gravité devient vaine. La vie est une farce et ses œuvres, même les plus funestes, des preuves tangibles de notre présence insignifiante sur terre. Sa désinvolture est un acte de résistance au temps qui passe. Je sens ma résistance défaillir face à la vague subversive qui déferle.

- Il n'y a vraiment rien de drôle.
  Les voyages, l'aventure, les femmes…
  Tout ce que j'aimais, jadis, m'indiffère.
  J'ai besoin de toi pour m'en sortir…
  Et toi, tu te gondoles !
- C'est limpide. Ton cas est grave.
  Allez ! Dégoupille-moi cette bouteille !
  J'ai hâte de gouter à cette gnôle !
  Et j'espère que tu vas retrouver le gout de rire !
  Sinon, on va mourir d'ennui ici !

L'alcool coule à flot, emportant les vaines complaintes, les remords, les pensées tristes. Nos retrouvailles sont plus qu'une fête. Nous goutons à la même complicité que si nous nous étions vu la veille.

L'absence, balayée d'un éclat de rire.

On chemine longtemps loin de l'autre, chacun en lutte avec sa destinée, et puis, en quelques mots, quelques silences, tout est dit.

Au cœur de la nuit blanche, cette fête improvisée au parfum d'insouciance rallume nos âmes d'enfant. Notre grande amitié fait de nos vies fragiles comme une lueur vacillante dans l'obscurité, une étoile fidèle. Délivrés de l'aube et de ses promesses intenables, sous l'astre bienveillant, nous évoquons notre terrible jeunesse. Nos souvenirs sont des citadelles imprenables.

Je fixe mon ami. Un large sourire illumine son visage et s'oppose à l'ébène de ses yeux et de ses cheveux. Ses traits fins réguliers sont encore ceux de la jeunesse. Seules ses mains creusées par le sel trahissent ses périlleuses missions comme officier de marine. L'empreinte du temps au sein de la grande muette a fait le reste, un esprit droit dans un corps d'athlète. Toutes nos différences m'inspirent le plus grand respect. La pénombre m'aide à supporter la défaite. Nos rêves n'ont plus rien en commun. Il est le seigneur des mers et moi, je ne suis qu'un mercenaire. Je goute au luxe de partager du temps avec cet ancien compagnon qui a fait de sa vie, une œuvre si noble.

La nuit se grise. Un rai de lune passe sur notre ivresse. Tel un zeppelin hautement inflammable, planent dans l'air, les souvenirs cruels.

- Jonas, c'est le moment.
- Si tu le dis.
- Je vais t'aider.
  Comment s'appelle-t-elle ?
- Quoi ?
- Réponds.
- Apolline.
- Où l'as-tu rencontrée ?
- Dans un train…
  Sur la ligne Paris-Nantes…
- Continue.
- Je ne peux pas.
- Que s'est-il passé ?
- J'ai oublié.
  Tout ce que je sais,
  C'est qu'il est inexplicable que je sois libre.
- Pourquoi ?
- J'ai aidé Apolline…A s'enfuir.
- Quoi ? Et c'est toi le fugitif ?
- Tout le monde m'a vu…Avec un couteau.

- De mieux en mieux.
  Je crains le pire.
- Ce n'est pas ce que tu crois.
- Je ne crois plus rien.

Les grands yeux noirs imbibés de Gustave sont tristes. Il ne me reconnait plus. Il est grand temps de parler. L'art de l'esquive fait de moi un lâche. Dans ce vaisseau immobile de pierre où défilent des étoiles mortes, se joue l'essentiel, la force de l'amitié. Recroquevillé dans mon fauteuil, je décide de raconter mon histoire. Sur son visage impassible, rien ne transpire.

- Incroyable.
  Cette fille t'a joué un très mauvais tour.
  Quel idiot !
  C'est toi qui porte le chapeau !
  Bravo. Non. Vraiment. Félicitations.
  Elle a fait de toi un homme perdu et enragé.
- C'est moi qui l'ai voulu.
- Innocent mais coupable de trop de naïveté.
  Maintenant, tout le pays te recherche.
  Et ton Apolline ? Où est-elle ?
  Elle a filé à l'anglaise, non ?
- Elle est morte.

- Rien de moins.
  Ressers-moi vite.
  Je sens comme un vide…
  ET…Comment le sais-tu ?
- J'ai vu son corps inanimé flotter…
  Sur le fleuve qui borde le parc.
- Un corps ne flotte pas.
  Il coule à pic.
  Tu as vu autre chose.
- Je t'assure. C'était bien elle.
- Ton histoire ne tient pas debout.
  Creuses-toi les méninges, Jonas.
- Désolé. Tu sais tout.
- Alors, On est mal barré.
  Ton histoire est une parfaite énigme.
  Une femme dont tu ignores tout s'est envolée…
  En te laissant un cadavre sur les bras.
  Peut-être même…Deux cadavres…
  Tu t'es fourré dans une drôle d'affaire, Jonas.
  Et tout ça pourquoi ?
  Pour l'espoir d'une conquête de plus ?
  Mais quel abruti !
- Epargne-moi tes sarcasmes.
  Aide-moi plutôt à résoudre mon problème.

- Celui-là est de taille.
  Je vais essayer…
  Mais je ne te promets rien.
  Déjà, il y a quelques détails à éclaircir
  A commencer par ce fameux poignard.
  Où est-il ?

Vexé, je plante l'arme blanche sur la table.

- Joli manche.
  Sculpté dans du bois rare.
  Il est à toi ?
- Tu plaisantes ?
- Alors, pourquoi est-il en ta possession?
- Je l'ignore. Par réflexe…
  J'ai voulu sauver Apolline.
- En t'accusant ?
  Beau sacrifice !
  Personne ne te croira.
  Seul le meurtrier possède l'arme du crime.
- Que veux-tu insinuer ?
- Rien.
  Pour l'instant…
- Je préfère.

- Ce poignard fait de toi le coupable idéal.
- Je te répète qu'il n'est pas à moi.
- C'est quand même étrange de le garder. Etrange…Et dangereux.

Je ne réponds pas. Je n'entends plus.

La nuit est devenu hostile, plus noire que cette vieille armure de fer aux allures d'épave échouée. Mes derniers espoirs s'écroulent comme une cathédrale de sable avant les grandes marées. Le vieux sémaphore ne me protège plus. Je ne suis plus qu'un fantassin déjà vaincu qui fait les cents pas dans la pièce. De rage, je me frappe le front contre la vitre. Au loin, je n'entends plus que les déferlantes se fracassant contre les rochers, assener à l'infini que tout recommence pour rien.

Dehors, les oiseaux ont disparu. Il n'y a rien là-haut. Les promesses du ciel ne sont que des mirages. Rien au monde ne survit au temps mauvais de l'amitié perdue. Vidé de sa substance, le temps s'est métamorphosé en une immense enclume. Gustave doute. Il imagine que je suis un menteur. Peut-être, même pire, un meurtrier. Mon âme s'enfonce dans les sables noirs.

Quelqu'un me tape sur l'épaule.

- Imbécile.
Je te crois.

Je me retourne. Je n'ai plus de voix. La violence de ma joie me donne le vertige des cimes. Gustave me sourit, allume une cigarette et me l'offre. C'est bon de vivre en altitude.

- Viens. Sortons.

Dehors, un banc de nuage de coton nous accompagne. Le ciel pâlit. Tout s'adoucit.

- Respire ! Tu sens l'air du grand large ?

Le vent tiède mêlé à l'odeur de bruyères et d'embruns, me calme. Le danger s'est éloigné. Je reste silencieux. J'écoute l'écho de cette île à nouveau bienveillante. Les pensées ont changé. Pendant que j'égrène leurs nuances, l'espoir revient sous le soleil de l'amitié. Tout ce qui se pressent et plane autour, m'enchante. Gustave décide d'ouvrir une autre bouteille.

- J'ai une idée.

Je ne bronche pas. Le silence, la paix, tout est profond.

- Il y a beaucoup de faille dans ton affaire.
  Tu ne pourras jamais prouver ton innocence.
  Tu te souviens à peine de ce qui s'est passé.
  Comme si quelqu'un t'avait fracassé le crâne…
  Même si nous remontons le fil en retournant sur le lieu du drame pour dénouer ce grand mystère, je doute que justice te soit un jour rendue.
  En vérité, tout t'accuse.
  Tu es condamné à rester un fugitif.
- C'est toujours mieux que de croupir en prison.
- J'ai mieux à te proposer.
- J'écoute.
- Mettre les voiles.
- Hein ? Mais pour aller où ?
- Loin. Très loin. Là, où personne ne te retrouvera.
- Hors de question.
  Si j'accepte, je fais de toi mon complice.
- N'est-pas déjà fait ?
- Nous n'avons croisé personne.
- Jonas…Réfléchis. Et vite.
  Tu n'as guère le choix.
  C'est la liberté illimitée sur tous les océans….
  Ou l'exil obligé dans ce cachot infâme avec vue imprenable !

- Exactement.
  Imprenable.
- C'est un sémaphore, Jonas.
  Pas un fortin.
- N'insistes-pas.
  Je reste.
- Pourquoi m'as-tu envoyé cette lettre, alors ?
  Si ce n'est pas pour te sauver d'ici ?
- Pas pour que tu deviennes mon complice.
- Je le suis de fait puisque je sais tout.
  Mon voilier est amarré au port de Palais.
  Filons pendant qu'il fait encore nuit.
  Demain, nous serons déjà dans le grand large !
  Cap sur la liberté !
  Les îles vierges des Caraïbes !
  Enfin, nous naviguerons ensemble !
  Ton rêve, c'est maintenant !
- Tentant…mais non.
  Depuis quand possèdes-tu un voilier ?
  Surprenant pour un officier qui ne connait que les coques d'acier gigantesques bercé le bruit des moteurs! J'ignorais que tu aimais la solitude, le silence et le vent.
- Je n'aime que ça.

- Alors, démissionne sur le champ de l'armée.
- C'est ce que j'ai fait.
- Quoi ?
  Toi, le disciple de l'ordre et de la discipline,
  Tu as osé désobéir !!
- A force d'entendre cet abruti d'amiral, entonner son refrain préféré : Penser, c'est désobéir,
  J'ai fini par le prendre au mot !
  L'hiver dernier, il m'a envoyé au Cap Horn pour une mission absurde.
  L'équipage n'était pas préparé. Un désastre.
  Au premier iceberg rencontré, notre navire se fissura. Sans le secours in extremis de la marine Anglaise, on rejouait le film du Titanic. A notre retour, l'amiral n'eut pas un mot d'excuse ou de regret. Ma rancune se transforma en obsession…
  J'ai même songé à me venger.
- Incroyable. Tu m'impressionnes.
  Tu l'as fait ?
- Je n'ai pas l'esprit assez imaginatif…
- Tordu, plutôt.
  Je te reconnais bien là, mon ami.
- Peut-être. Bref. C'était lui ou moi.
  Ce fut moi.

- Alors, tu es libre…
  Nous sommes tous les deux, libre.
- Je suis libre !
  Et toi, assigné à résidence au fond de ce trou !
  L'aube va bientôt nous surprendre.
  Tu devras à nouveau te terrer entre ces murs,
  En attendant la nuit pour respirer.
  Nulle part, tu trouveras la paix.
  Allez, Jonas. Viens avec moi.
- Et s'il me plait d'aimer ce lieu, cette île ?
  S'il me plait de marcher la nuit sur la plage,
  Loin de la fureur du monde et de ses mirages.
  S'il me plait d'espérer être heureux ainsi ?
  Je préfère l'ermitage à tous les voyages.
  Le tour du monde, je l'ai déjà fait.
  Les hommes sont partout les mêmes.
  Il n'y a que la couleur du ciel qui change l'aube ou le crépuscule.
  J'ai trente ans et je suis fatigué de vivre.

Un ange trépasse. Tué en plein vol par le haut silence assassin. Gustave rit tout bas puis hausse les épaules.

- Tu es ivre, Jonas.
- Peut-être…Mais encore lucide.

- C'est ça. Inutile de palabrer plus longtemps. Je m'en vais. Adieu.

Frappé en plein cœur.

La porte du sémaphore ne laisse entrer que l'obscurité avant de se refermer violemment dans un bruit sourd. J'observe le ciel vide de sens briller pour rien. Des milliers de constellations filent dans l'univers avant de disparaitre dans le néant.

Une étoile ne luit plus.

Mon seul ami vient de me lâcher en rase campagne.

Quatre heures du jour d'après.

La lune noire a disparu. Un ruban blanc déroule son sinistre horizon. L'asphalte céleste ne mène nulle part. Je ne m'intéresse plus à rien, encore moins aux graves défaillances de mon instrument de vie artificielle. Mon cœur est à bout de souffle. Je ne cherche plus de signe d'espoir. La vie m'a tout repris. Une belle et grande nuit d'amitié, de partage, et puis, rien, le néant.

Prise dans le tourbillon d'une nébuleuse, mon âme en perdition a du plomb dans l'aile. Quelque part, entre l'éclaircie passée et la prochaine dépression, je plane. L'ivresse passagère me délivre de la pesanteur.

Je rentre dans un nuage et navigue en plein brouillard. La visibilité est quasi nulle, l'instabilité permanente. De fortes turbulences sont à redouter. Je plane encore malgré tout. Surtout ne plus redescendre. L'altitude ne me grise plus. Je n'aime guère ce ciel livide. Là-haut, une voix me murmure ce que je refuse d'entendre.

La grande évasion aérienne ne résout rien. Les démons d'hier reviennent en meute. Tous les anges ont perdu ma trace. Je m'écrase. Au sol, des cadavres de bouteille témoignent du temps des rires qui ne reviendra pas.

Je suis nostalgique de l'heure d'avant. Gustave était là. Il était le soleil, la folie, l'insouciance. Désormais, je ne distingue que les vagues contours d'un tombeau de verre dépoli dans lequel je suis enfermé vivant.

Le temps défile pour rien. J'imagine mon ami parcourir la lande entre les cailloux et l'argile des chemins. Son pas est sûr, son esprit limpide. Dans quelques heures, il embarquera sur son voilier vers un autre hémisphère.

Les yeux d'Apolline m'interrogent. Je lis ce que je ne veux admettre, la question qu'elle me posera jusqu'au dernier jour.

- Heureusement, il reste le poignard.

Tout serait plus simple. Tout peut l'être encore.

Cinq heures. L'aube est là. Le soleil enflamme l'océan. Les remords m'assaillent. Face au ciel d'épouvante, je n'ai plus le choix. Gustave a raison, comme toujours. Le jour se lève et rien ne change. Je reste un prisonnier volontaire. Doucement, l'idée fait son chemin. La vérité éclatera au grand jour et ce sera, enfin, la délivrance. Je m'allonge sur le canapé en attendant d'y voir plus clair. La solitude m'a dégrisé. Le sommeil ne vient pas et ne viendra pas. Des souvenirs poignants me prennent à la gorge.

J'écoute Mozart. Le concerto ensorcèle l'atmosphère. Apolline chante. Je n'entends plus le son de sa voix, j'entends ses mensonges. Quelqu'un se rapproche. On me frappe le crâne avec un coupe-papier. Je ne veux rien savoir de ce sang qui coule le long de mes tempes. Ma tête rentre dans la brume. Inanimé, je reste sur le carreau. Un éclat de rire m'achève. La voix disparait. Elle ne reviendra plus.

L'immobilité me tue. Exaspéré par mon indolence éthylique, je quitte la grande salle de vigie envahie par l'odieuse lumière. Au fond de l'arrière cuisine, près du réchaud, il y a cette caisse cadenassée qui m'intrigue depuis mon arrivée. Je cherche comment faire sauter le cadenas. Je ne trouve rien. Je l'emporte au dehors et l'éclate contre le muret. Les gonds se disloquent. La caisse laisse apparaitre un trésor. Des objets ordinaires dorment depuis des lustres.

L'inventaire me distrait. De magnifiques coupes en cristal emballées dans du papier journal, un moulin à café, des photos jaunies du sémaphore, un pistolet à plomb, un poste de radio. J'exhume de l'oubli ces témoins de l'âge d'or du sémaphore. La caisse qui semble avoir surgie des flots, après un naufrage, n'a livrée qu'une part de ses secrets. J'ignore tout de ce que fût l'existence ici.

Comment vivre en reclus, rythmé uniquement par les caprices de l'océan ? J'imagine le gardien aux tempes blanches laissant les heures défiler, les yeux rivés sur la jumelle. Seul le tintement du cristal des coupes marque le temps qui file à scruter l'horizon.

Je pense à Gustave, qui, à la faveur de l'été, vogue vers les mers chaudes, uniquement porté par sa grande voile et les alizés. Triste tropique. Rien ne varie sous l'étuve. Les brûlures du jour se succèdent à la tiédeur des nuits. Là-bas, sous l'équateur, il n'y a jamais d'hiver, jamais de nuit de glace à lutter contre le blizzard pour se sentir vivant. Chaque jour est un combat que les morsures du froid ne cessent de me rappeler.

Fixée au goulot d'une bouteille, j'allume une bougie et balaye le halo lumineux sur quelques photos anciennes. Les visages teintés d'or s'animent.

Médusé, je découvre une vie d'ermite réduite comme peau de chagrin à quelques clichés. L'effroi me saisit. Voilà ce que me réserve l'existence si je m'enterre ici. Mon cœur se serre. Mes tempes tambourinent. Je ne veux plus croupir au fond d'une impasse. La fureur qui me gagne est celle qui précède les virements de bord. Je brûle les photos d'un destin plus funeste encore que le mien et souffle comme le vent sur la bougie.

La lumière revient, plus étincelante que jamais.

Au vol, j'emporte mes maigres affaires, glisse au fond de mon sac une bouteille de rhum, le pistolet à plomb, puis, d'un geste rageur, renverse les coupes en cristal avant de m'enfuir à jamais de ce tombeau de verre.

Sur la route, droit devant. Une averse de feu immole la surface de l'océan. Le soleil est bas mais sa lumière mordorée me traverse le cœur. Je goute à la joie légère de l'enfant facétieux qui fomente en secret une surprise pour celle qu'il aime.

Je me retourne vers le sémaphore. Un dernier lambeau de fumée s'échappe du toit. Jamais, je ne pourrais oublier ce lieu extraordinaire où l'espoir me fut rendu.

Pas après pas, la marche me transforme. La colère et la haine se détache. Je ne possède plus rien et pourtant je suis comblé. La justice attendra. Je prie en chemin mes anges gardiens pour que Gustave soit encore sur l'île. Les sortilèges n'existent plus. C'est moi qui inventerai les prochains.

Chaque seconde passée assassine celle que j'ai aimée. Mon chagrin s'évapore. Je crève de partir en mer.

Je passe les grandes portes de Palais et descend à pic l'avenue qui mène au port. Sur les quais, la foule se presse le long du ferry qui se tient prêt à appareiller d'une minute à l'autre pour le continent. Je me faufile à l'ombre des ruelles où s'empilent les caisses de poissons du jour devant les arrières cuisines de restaurants. La glace pilée qui fond à vue d'œil, ruisselle jusqu'aux rigoles. L'odeur est insoutenable. Elle me prend à la gorge. Encore une place bondée à éviter et me voilà sur le quai principal. Une foule de questions me bouscule.

Comment retrouver Gustave ? J'ignore même le nom de son voilier. Sur le quai principal, j'observe chaque ketch avec une coque marine en quête d'un signe qui trahirait mon ami. Rien. Après tant de bornes à pied sans la moindre pause, je m'arrête. Mon corps implose. La chaleur m'accable. J'ai terriblement soif.

A l'angle, j'aperçois un café dont la terrasse ombragée, me fait gravement de l'œil, avec ses chaises rutilantes. Une joyeuse bande de vieux randonneurs est attablée devant des chopes géantes de bière brune. Les exploits du matin valent bien une belle récompense. J'apprécie ce bonheur simple du nomade qui célèbre chaque jour, son chemin neuf.

- Ohé !

Je sursaute. Gustave.

Trônant au centre de la terrasse, le capitaine s'adresse à une jeune fille superbe passant devant lui. Je ralentis. La joie m'assaille. Je lui lance le même cri. Stupéfait, Gustave me dévisage avec un air complètement ahuri. Je lui souris. Et tout repart.

- Jonas !!
  Qu'est-ce que tu fais là ?
  Tu as une sacrée chance !
  J'ai failli partir !
- Mais tu es encore là.
- Ne crois surtout pas que je t'ai attendu.
- Je ne crois rien.
- Tu vois le Swan, là-bas ?
- Je ne vois que lui.
- Grimpe à bord. J'arrive.
  Il me reste une dernière chose à régler…
  Avant de larguer les amarres.
- A vos ordres…Capitaine.

Sur le pont supérieur, la pointe du mât tutoie le soleil. Ebloui, j'attends à l'ombre dans la cabine, en préférant régler le compte à la bouteille de rhum vieux. Bientôt, je serais ivre et joyeux. Plus rien ne peut m'atteindre. J'ai déjà quitté la terre ferme.

Un léger clapot contre la coque, l'océan à marée haute, l'écume des voix aux terrasses des cafés, les goélands au-dessus des bateaux de pêche, le paysage maritime redevient familier. J'aime par-dessus tout, la paix qui précède l'aventure dans le grand large.

Etalée au centre de la table du carré, la carte marine de l'Atlantique détaille notre prochain espace de liberté. Je trépigne. Il me tarde désormais de prendre la route. Il n'y a qu'au cœur de l'immensité bleue, à mille lieues de l'agitation terrestre que je me sens vraiment libre, et insouciant, aussi insouciant qu'un enfant qui joue à l'explorateur en navigant sur un lac de montagne. L'océan est le dernier lieu d'émerveillement.

Je songe à Gustave qui ne revient pas. Rien ne vaut l'amitié silencieuse. Ce ne sont pas nos petits secrets dérisoires qui nous lient mais nos silences complices. Autour, tout lui ressemble. Le voilier d'allure élégante semble aussi robuste que confortable. Tout est en ordre de bataille pour affronter les dépressions. Chaque objet est utile et à sa place. Il n'y a que moi qui m'interroge encore sur la réelle utilité de ma présence à bord.

- Jonas !
- Tu es là ?
  Sors de ta tanière !
  On lève l'ancre !

Arraché brutalement à ma rêverie, je grimpe aussitôt sur le pont. La lumière radicale m'aveugle.

- Pour aller où ?
- Tu verras bien !

Qui peut résister à son énergie et son enthousiasme ? Personne. Sa joie de vivre, sa gaité, redoublent en mer. Les années passées dans la marine n'ont en rien entamé son bonheur extrême de naviguer, ce désir irrépressible qui revient chaque jour, de sillonner encore et encore tous les océans du monde.

Debout à la barre, le regard neuf, l'esprit conquérant, Gustave déguste l'horizon. Son royaume sans frontière, soumis aux lois capricieuses du vent, est étranger à toute forme d'imposture. Ne survit ici que l'excellence. Gustave est bien meilleur marin que moi. Sa noblesse consiste à ne jamais vouloir m'écraser de son talent.

L'enchantement revient puisque je suis en partance, prêt à larguer les amarres d'un magnifique Swan de quatorze mètres. Le malheur restera à quai. Mon esprit est entré en dissidence contre tout désespoir. J'échange tous mes bonheurs sur terre contre un voyage en mer.

Gustave s'énerve.

- Tu te réveilles ?
- Quoi ?
- Qu'est-ce que tu attends ?
- Mais quoi ?
  Et la grande voile ?

Il est midi. Je hisse notre cathédrale de toile s'élevant dans l'azur. Majestueusement, nous glissons sur l'onde cristalline. Le vent du large s'est levé. Aucun nuage ne brouille le ciel limpide. L'écume du soleil s'évapore en fine brume de chaleur. J'éprouve un sentiment obscur.

Quelqu'un me parle, encore. Ici ou ailleurs, ou là-haut. Je ne comprends rien. Je ne veux plus l'entendre.

Je me retourne vers cette île magnifique qui m'a sauvé. Sur le quai, parmi la foule, je distingue une femme sous un chapeau de paille qui semble rejoindre le ferry. Je jurerais que je la connais. J'y suis. L'épicière.

L'appel du large est là. Toute voile dehors, le grand voilier trace sa route vers le dernier territoire vierge des insoumis. Dans chaque instant neuf, la poésie surgit. Elle est partout. Je n'ai plus besoin de me surpasser pour exorciser le réel, ni de le transformer en conte fantastique pour survivre au mortel ennui. Maintenant, c'est le réel qui m'émerveille et me surprend.

Gustave est muet, totalement concentré sur l'art majeur de la navigation. Nos silences sont peuplés d'oiseaux en vol.

Grimpé au sommet du mât, j'accroche fièrement notre pavillon bleu et blanc. Flotte dans l'air, le vent de la révolte et de la rébellion au monde. Désormais, je ne suis plus un fugitif mais un rebelle. La tête dans l'azur, je rêve. Pas pour longtemps. Gustave me hurle dessus.

- Jonas !!
 Tu m'entends là-haut ?
 Un jour, tu verras !
 Ton Apolline…
 Elle te reviendra !

Sonné, je vacille, frappé en plein cœur par les cymbales de sa prophétie résonnant pour l'éternité.

Comme un fou, je m'agrippe tant bien que mal au mât. Mes dernières forces se dérobent. Je glisse jusqu'au sol. Gustave est mort de rire.

Vexé, je me relève et passe devant lui sans un regard :

- Surement pas.

Réfugié au fond de la cabine, j'ai la ferme intention de ne plus remonter avant la nuit.

D'ailleurs, il fait déjà nuit.

Des heures de navigation sous l'étuve. Je remonte sur le pont afin de prendre mon quart. Il fait un peu moins chaud. Je goute à la lumière apaisante de l'après-midi. Le soleil est un alchimiste. Il déteint sur l'océan. A sa surface, les émeraudes se changent en rubis.

Gustave me fascine. Il semble insubmersible. Accroché au gouvernail depuis notre départ, rien ne le fatigue. J'ignore où il nous emmène. C'est mieux ainsi. Jadis, au temps révolu de l'enfance, de la candeur, l'inconnu faisait grandir le désir. Aujourd'hui, je ne sais même plus ce que cela veut dire. Je ne ménage pas ma peine pour chasser sa prophétie de mon esprit. Peine perdue. J'en crève ne pas lui avouer la vérité. Aucun naufrage ne surpasse le mien.

Ce soir, c'est décidé, je crache ce que j'ai sur l'âme.

Le ténébreux capitaine trace au compas notre mystérieuse route. C'est décidé. Nous partons vers le soleil. Cap à l'Ouest.

Cramponné à la barre, face au vent, moins terrible que d'affronter les déferlantes de la vérité, je réduis les voiles qui claquent violemment.

- Jonas !!
 Mais qu'est-ce que tu fous ?
 Sors la voilure ! Bon sang !
 Le vent se lève !

Les mains agrippées au gouvernail, je ne réponds rien. Le voilier passe aisément les quinze nœuds. Tout vibre à bord. A chaque nouvelle vague, nous décollons. Nous ne glissons pas, nous volons. La vitesse pulvérise toute notion du temps. Mes mains brûlent. J'ai froid. J'ai faim. Je suis en vie. Mon âme se mêle au vent du large. Depuis une heure, un albatros nous suit.

Comme la libellule du sémaphore, j'éprouve un sentiment sourd. Quelqu'un me parle. Ça vient de là-haut. Ce n'est pas un pressentiment, c'est autre chose.

Est-ce un présage ? Bon ? Mauvais ? On verra bien.

Un albatros et une libellule me parlent. Non. Je ne suis pas fou. Je suis observateur. L'indicible est une vision.

Je ne me souviens pas d'avoir été plus léger qu'à cet instant.

Le vent s'est levé. Il est urgent de vivre.

Perdu dans l'océan, à bord de cet ultime refuge où personne ne me retrouvera, je médite sous la grande voile. Des cristaux de lumière incandescente m'aveuglent. L'insolation me guette et pourtant, je suis comblé.

J'ai retrouvé le gout de l'absence au monde. Je suis l'enfant tapi au fond de moi. J'ai sillonné le monde pour demeurer fidèle à ma promesse.

C'était un mercredi. Le jour d'évasion au jardin. Je ne savais pas ce que je voulais être. Je voulais juste sauter le mur et voir par de-là les pierres, les arbres alignés, la lune briller sous les îles du bout du monde. Ce n'est pas la distance qui mesure l'éloignement, c'est l'âme voyageuse. Mon âme d'enfant est radieuse, bercée par le silence bleu des abysses. Le mur du jardin enfermait bien plus de secrets que les remparts des forteresses imprenables.

J'attends les ombres du clair de lune pour y voir plus clair. Gustave se repose. Je ferraille contre la noirceur. Comment lui dire ?

Ma voix étranglée sonnera faux. Il ne comprendra pas. Je hurle tout bas. Il me reste quelques heures avant le crépuscule. Les larmes et les mots me viennent en vrac. Je passe aux aveux intérieurs. Une fontaine de soleil jaillit. Je suis fait pour ce jour limpide. Il faut savoir affronter ses démons. L'éclaircie durable ne reviendra que lorsque l'inavouable sera dit.

L'albatros tournoie au-dessus de nous.

Ses larges cercles concentriques rayant l'azur, annoncent la même prophétie. Au loin, la tempête sévit mais c'est à peine si je perçois son souffle léger.

La menace est là, déjà perceptible et pourtant une joie nouvelle m'envahit. Ses signes infimes, je les décrypte tel un sauvage qui lit l'avenir dans ses faibles bruits, le seul battement d'ailes d'un albatros. Victoire.

La mécanique implacable du danger est en moi.

Gustave me surpasse en tout. Il vient de se réveiller, alarmé par l'instinct de survie. Campé sur le pont, l'œil ombrageux, jumelles en main, il scrute l'horizon.

- Depuis combien de temps ?
- Quoi ?
- L'albatros.
- Je ne sais pas.
- Dis-moi, Jonas.
  Tu navigues où tu rêves encore ?
  Je t'ai connu plus concentré.
  Donne-moi la barre.
  L'horizon est noir.
  L'orage nous arrive droit devant.
  Il est trop tard pour changer de cap…
  Mais nous allons le faire quand même.
  Virement de bord !
  Cap au sud !

Un éclair vient de déchirer l'horizon. Je le regarde, stoïque. Son arc électrique et son écume survoltée ne m'impressionnent pas. Les heures de défi s'annoncent légendaires. Enfin, un évènement climatique la hauteur de mon climat intérieur.

Je n'éprouve aucune inquiétude. L'unique véritable danger sera de braver le courroux de Gustave lorsque la vérité éclatera et plombera l'ambiance à bord.

Des trombes s'abattent sur nous. Quelle merveilleuse sensation ce ciel déchainé ! Lui seul peut m'aider à éteindre le feu qui couve sous mon crâne. A la barre, Gustave vient de s'allumer un cigare royal. Il consulte la carte, entre deux volutes, tranquille. Ce type est aussi dingue que moi. Je comprends mieux pourquoi il est mon ami. Le Sud sera donc notre salut. Nous gardons toute la voilure malgré la force inouïe de la dépression. Le choix est radical. Il faut dépasser l'œil du cyclone de la tempête en prenant tous les risques. Gustave est un kamikaze des mers. Avec lui, ça passe ou ça casse. Il n'y a pas de meilleure façon de vivre.

La houle se forme de plus en plus. Mon esprit tangue. La mer est mauvaise. Mon cœur aussi. Je m'allonge sur le pont, le museau au raz des flots. Gustave me toise du coin de l'œil entre deux bouffées aux allures de pétards mouillés. Encore un creux du même tonneau, et mon compte sera réglé. Je le maudis. S'il continue à se payer ainsi ma tête, c'est lui qui va passer par-dessus bord.

La houle m'envahit. Je serre les dents. Je ne céderai pas. Comme un forcené désespéré, je m'agrippe à une pauvre corde. Rien n'y fait. Les abysses attendront.

Six heures tapante. Coup de tonnerre. L'orage vient de nous déclarer la guerre. Sa première grenade explose en plein ciel d'épouvante en éparpillant tout espoir de lui échapper. Les belles certitudes de Gustave volent en éclat. A peine contrarié, il vient de jeter son cigare à la baille. La nuit prochaine s'avère sportive. Tant mieux. Je remercie le ciel de nous tomber dessus. J'ai oublié tout ce que je voulais dire. Les mots qui fâchent peuvent aller au diable. La vie, et rien d'autre.

C'est dans le silence que se préparent les grands actes. Je suis prêt. J'aime cette menace qui progresse vers nous. Le péril approche et je n'y vois qu'un jeu de plus cruel et fascinant.

A la moindre variation du vent, caprice du ciel, l'orage qui s'annonce dantesque nous tient en haleine. Chaque fois que commence le plus exaltant des jeux, l'ultime duel, entre la vie ou la mort, c'est l'enfance qui revient. Rien de mieux pour se sentir vivant.

Gustave est déterminé à maintenir son cap malgré la foudre offrant ses premières illuminations funestes. Seul le mât nous inquiète. A chaque instant, il peut se rompre sous les salves électriques.

A quoi tient notre survie ? A une flèche d'acier géante et une grande voile sur laquelle flottent nos prières. Devenir un véritable navigateur, c'est être mystique.

Le capitaine n'a plus le cœur à rire. Lui aussi est entré en dissidence. Cap sur les caraïbes. Cap sur les îles vierges. Cap sur Cuba. Les horizons vers lesquels nous naviguons donnent du sens à nos ailes. Leurs noms mystérieux sont autant de promesses de vie légère. J'ignore tout de ces archipels mais j'imagine ce qui m'enchante déjà. Leur promesse me réchauffe le cœur.

- Descends vite la grande voile !
  Elle va se déchirer !
- Il faut savoir !
  Il y a un quart d'heure,
  La consigne, c'était toute voile dehors !
- Ne discute pas.
  Le mât va céder.

Je ne discute pas. Je ne discute plus. Gustave fulmine. Ma nonchalance l'exaspère. Erreur. La tempête qui sévit sous mon crâne surpasse la sienne. L'orage, le vent, le tonnerre, aucun élément déchaîné ne me terrorise. Ma rage décuple mes forces. Je me jette comme un fou sur le bout de toile récalcitrant puis engage un corps à corps avec lui.

La grêle tétanise mes mains. Je glisse sur le pont mais me relève quand même. Enseveli sous la grande voile, trou noir. Tous mes idéaux s'écroulent en même temps. Gustave n'est plus celui que j'ai aimé. Après avoir sanglé la toile trempée autour du mât, je m'écroule. Une plus grave dépression sévit. Je n'ai plus foi en rien. Sous le ciel d'orage, il pleut une lumière d'abîme. Gustave l'ignore. Il ferraille contre le vent.

Je me sens seul à bord, tiraillé entre rage et désespoir. Mon cœur oscille entre les deux tel un métronome fou. L'enthousiasme est à la dérive. Dans ce vaste décor à la mesure des rêves, un drame se joue. Notre grande et belle amitié. Je suis l'enfant inconsolable. Il n'y a rien à espérer de cette épreuve. Chacun compose désormais sa partition en solitaire.

Le voilier vibre de toute part tel un canif, lancé de loin, planté dans un tronc d'arbre. A chaque rafale de vent, je lutte pour rester debout, m'accrochant à tout ce qui passe. Il n'y plus de refuge. La cabine est déjà inondée. Les déferlantes ont gagné. L'eau s'est infiltrée partout. A chaque muraille franchie, la victoire est de courte de durée. Une autre vague surgit, toujours plus haute.

Nous fonçons droit sur la dépression. La tête brulée de capitaine refuse catégoriquement de sacrifier notre direction. Pour trois jours en mer gagné, c'est nous qu'il va sacrifier. A cette heure décisive, tout est possible. Le naufrage ou la victoire. J'aime l'idée d'un danger imminent. Au fond de moi, la même fureur de vivre.

Nous voyageons sur une planète fascinante et cruelle. L'océan est l'élément, redoutable, meurtrier. La désinvolture n'existe pas. Elle est suicidaire.

Le voilier vient de se fracasser contre un mur de plus de sept mètres. La houle a atteint des sommets. Nous sommes sur le point de chavirer. Et pourtant. Encore un mur infranchissable, franchi. Le miracle est bien là. Il est inexplicable que nous soyons encore vivants.

Je descends écoper le fond de la cabine. L'ennemi nous attire vers les profondeurs. La survie ne tient plus qu'à ce sceau ridicule. Cerné de toute part, résigné dans l'effort tel un pêcheur surpris par l'orage, je subis sans broncher et résiste. Dans l'eau saumâtre jusqu'au cou, je lutte tant bien que mal. Soudain, la fulgurance.

La vie est une alchimie mystérieuse. Il n'existe aucun territoire aussi insondable que l'océan. Les civilisations s'effacent un jour à cause d'un volcan qui se réveille, d'un tremblement de terre, d'une tempête dantesque. L'océan est éternel. Mon cœur bat à l'unisson de la vie sous-marine.

L'orage peut redoubler d'ardeur, je suis hors d'atteinte. Il ne pleut plus que de la lumière. Sous la voûte déchirée de la tempête, des pans de lumière tombent du ciel. Les feux célestes sont partout. Je navigue dans une pluie d'éclairs qui irradie mon âme. La vie, telle une coulée de lave intarissable, c'est le sang qui coule dans mes veines.

Le royaume que nous traversons est fantastique. Notre route progresse à travers des trombes marines dressées telles des colonnes d'un temple englouti.

Imperturbable, Gustave rayonne. Ses yeux sont des soleils noirs. Je le soupçonne de prendre la mer juste pour ce moment-là. Et même s'il a failli sombrer au grès des errances sur des mers mauvaises, il fut toujours sauvé in extremis par un navire croisant sa route. Pourtant, après quelques jours d'escale, revient la même ferveur de repartir. Jamais il ne sera un marin installé dans une routine, résigné à vivre un ersatz d'aventure.

Il est des tempêtes qui ravagent en une heure tout ce que l'on possède. Celle-là est de cet ordre. Et pourtant, rien ne contrarie le téméraire. Il joue son existence contre la liberté qui s'affranchit de tout sauf du talent de la survie. Pour vivre ce privilège, il est prêt. Et ce qui le rend si grand en cet instant, c'est son inflexible légèreté. Rien ne transparait comme si ce qui se jouait, n'était pas essentiel. Le péril qui le menace n'engage que sa chair. Son âme garde foi en elle-même.

Lui aussi a connu des nuits de vent et de lune noire, à méditer sur l'existence mais jamais il ne doute du sens de sa présence sur terre. Il est là, et sera toujours là où il doit être. Plus je l'observe, plus je comprends que je ne serais jamais à la hauteur d'un tel phénomène.

La coque du voilier craque de toute part sous un vent de fin du monde. La voie d'eau gagne inexorablement la soute risquant de noyer définitivement le moteur. Et moi, je m'émerveille de l'étrange climat de sérénité qui règne à bord. Je vis dans un monde de démesure. Tout est extraordinaire. Affronter la fureur des éléments, lutter éperdument. Rester fier même au cœur du péril. Et même si en ces circonstances, des marins fatalistes recommanderaient leurs âmes à Dieu, j'exulte. Même le sommeil profond, ce temps mort insignifiant, peuplé de chimères, ne me répare plus. Je ne veux rien perdre de ce qui se trame, ici et maintenant.

- Jonas !
  Viens voir !
- Quoi ? J'écope !
- Une baleine !
- Où ça ?
- Là-bas !
  A neuf heures !
- Je ne vois rien dans cette mélasse.
- Mais si !
  Là-bas !
  Vois ce souffle puissant qui jaillit !

- Bizarre.
  J'ai l'impression qu'elle nous accompagne.
- Une chose est sûre.
  Elle aussi nous observe.

Le vent ne sévit plus. L'orage est loin. Le calme est revenu, lavé de toute inquiétude. Seul le cliquetis régulier des haubans et le souffle du cétacé nous rappellent que nous sommes dans le grand large. Le vent et l'océan ont prononcé leur sentence. Nous voilà sauf.

De l'épreuve cruciale dont nous étions captifs, de ce combat à l'issue incertaine, nous sommes délivrés.

Que retenir de cet évènement ? Le meilleur.

La légèreté, la joie, la passion de vivre.

J'aime tant ce voyage. J'ai passé ma vie en dissidence. Aujourd'hui, je m'éveille, neuf, face à la vaste étendue argentée comme au premier matin du reste de ma vie. Nous progressons lentement vers le sud. Le ciel et l'océan se confondent, un champ d'écailles aux reflets métalliques où dansent les poissons volants. La baleine a disparu dans les profondeurs des abysses.

En trombe, je descends dans la soute, sauver le moteur. A l'aide d'une torche, j'inspecte chacune des pièces. Le sel a déjà raviné une partie des éléments vitaux mais l'essentiel reste intact.

A la première étincelle donnant l'impulsion électrique, le vieux moteur diésel repart. La décharge est contagieuse. Mon cœur bondit, lui aussi regonflé à bloc.

Sur le pont, Gustave hurle de joie. Encore sauvés. Nous goutons à l'enchantement des mauvais souvenirs. La tempête nous a révélé ce que nous ignorions. Notre amitié transcende chacune des épreuves en triomphe. De retour à la barre, cheveux trempés, regard d'acier, œil rieur, Gustave médite en capitaine victorieux.

Le gouvernail scintille sous le soleil obscur. Affranchi des contraintes terrestres, le cœur comblé au sein de l'immensité à la hauteur de sa démesure, il ne navigue pas pour défendre sa liberté mais son royaume secret.

Ce royaume, hanté par la noblesse perdue de ses ascendants, indignes de porter leur blason, est sa seule richesse. Ce royaume, il ne le retrouve qu'ici, perdu dans l'océan, poussé par l'inépuisable soif d'absolu.

Seul à connaitre vers quelles nouvelles terres promises nous cheminons, seul à savoir déchiffrer notre route parmi les astres, il gouverne seul à notre destinée.

Le temps s'écoule lentement. La nuit s'annonce claire. Je songe à une autre nuit, retranché dans le sémaphore, à scruter les étoiles. Je pense à Apolline.

Délivrés des dragons noirs de l'orage, nous reprenons la lecture du grand livre céleste. A l'aide du sextant, Gustave trace une ligne invisible à travers la forêt de cristaux disséminés. Le rhum manque pour célébrer la victoire. Il fait très chaud. La soif me gagne. Pourtant, l'eau douce ne manque pas. Je me décide à puiser dans le réservoir le contenu d'un gobelet. A la première gorgée, un goût effroyable de métal me dégoute. Impossible d'avaler cette flotte rouillée. Qu'importe. Il faudra tenir avec ce qui reste de rhum ou bien crever de soif. Le vent aussi a changé de goût. Il a surtout changé de direction. La douceur des alizés nous caresse déjà. Je frémis. J'ai hâte de consumer ma vie.

Il fait presque nuit. Allongé sur la proue du voilier, j'écris une lettre imaginaire posthume à celle que je ne reverrais pas. En la relisant à voix basse, les larmes me montent. J'entends les séraphins du ciel la reprendre à voix haute. Leur écho me bouleverse. Ce vertige, c'est sa chair, son parfum, son mystère. Je revois son corps inanimé flottant sur la rivière sur un lit de nénuphar. Son visage me tourmente. Je ne trouverais pas la paix.

Chaque nuit, c'est le même souvenir cruel. Impossible d'y échapper. Cerné de toute part par les barricades du silence, je divague. Je pense à ce que nous serions devenus si elle m'avait vraiment aimé. Mystique mirage. La froide vérité me glace.

Le grand livre du conte à dormir debout tourne court. Le réel me donne la nausée à moins que ce soit la flotte frelatée. Décidément, l'eau douce ne me réussit guère. Je préfère la vie salée.

J'ai à peine le temps de basculer vers le bord. Je vomis le passé ou ce qui l'en reste.

Il fait nuit. J'ai retrouvé une vieille et belle impression. Je suis en voyage. Le haut du mât se balance entre la lune et les étoiles. Le voyage ne dépend plus de moi.

Au fond de la cale, j'ai retrouvé une caisse entière de *Sailor Jerry*, un rhum artisanal très épicé aux arômes de vanille, de muscade et de cannelle. Inventé par un ancien marin amoureux des caraïbes, il fut servi aux marins sur les navires de guerre lors des traversées pour tromper l'ennui. Au fond de chaque bouteille, une fille se déshabille. Sacré Gustave. Ce rhum lui ressemble. Il restera toujours un soldat.

Je plonge avec délice dans un grand voyage des sens. L'ivresse se répand. A la barre, Gustave oscille entre sa bouteille et le gouvernail. Les formes avantageuses de sa sirène sont devenues floues. Il a allumé toutes les lampes à huile et danse sur le pont autour de ses feux de Bengale en chantant. Sa douce folie m'apaise.

Les images fâcheuses du passé se dissipent. A part ça, je ne regrette rien. Je danse aussi. Il faut célébrer notre première nuit au large.

Nuit maritime. Nuit de grandeur. L'expérience est rare. Nous sommes ivres d'absolue légèreté. Hier encore, je marchais sur des chemins noirs sans autre avenir que l'heure qui suit et me tient en vie. Aujourd'hui, je plane au-dessus des flots.

Encore une nuée de secondes et le ciel tout entier s'illuminera. Je veux m'endormir sur le pont, près des feux de Bengale, la lune penchée sur moi.

Le vent emportera mes songes, mais pas mes remords. Les vagues qui cognent contre la coque me rappellent nos étreintes. Encore une poignée de secondes au gout d'éternité à désirer sa nuque. Et tout revient.

Son pas qui s'éloigne dans l'allée.

Non, elle n'ira pas plus loin.

L'alcool m'achève.

Je sombre dans un épais sommeil paradoxal.

Trois heures du matin. Gustave me réveille brutalement en me secouant comme une rafale de vent.

- Lève-toi !
- Déjà ?
  Mais il fait nuit !
- Et alors ?
  Nous accostons !
- Hein ?
  Où sommes-nous ?
- Aux Canaries !
  Allez ! Grouille !
- Minute. Je me réveille.
- Debout moussaillon !
  Allons fêter ça !
- Pas question.
  Il n'y a rien à fêter.
- Je t'ai connu plus emballé, Jonas.
  Tu devrais pourtant…
  Les nuits sont torrides sur ces îles.

- Je m'en fiche.
  Cela ne m'intéresse pas.
- Sacrée Apolline.
  Elle t'a bien envouté…Celle-là.
- Ne me parles surtout pas d'elle.
- Tu l'oublieras. Crois-moi.
- Peut-être.
  Ce jour-là, je serais prêt.
- Prêt à quoi ?
- A passer de l'autre côté.
- N'importe quoi.
  Tu divagues.
  Tu as toute la vie devant toi.
- Surement pas. Un vague prénom.
  Voilà ce qu'il me reste pour me sentir vivant.

La tête dans la brume, vampirisée par des sirènes muettes déshabillées, le cœur sec, la gorge enflammée, je me laisse encore embarquer. L'enthousiasme de Gustave est un tsunami. Les yeux brulés d'alcools trop forts et de rêves trop grands, je distingue à peine dans la nuit les lumières de l'île mystérieuse. Tout tremble à l'idée de rejoindre la terre ferme. Même mon ombre hésite à me suivre.

L'aube insulaire est un paradis pour vagabond solitaire. A l'heure pâle où tout se fige sur l'île de Tenerife, nous écumons tous les bars de mauvaise vie. Chaque instant d'insouciance et d'irrévérence au monde, se cristallise en bulles légères. La vie pétille sous les néons.

Dehors, une pluie battante s'acharne sans relâche sur les toits rouillés de tôles ondulées. L'aube est un soleil qui s'illumine de visages et de musique mélancolique. Autour de nous, tout est neuf. Santa Cruz nous appelle.

Au fond d'une baie profonde, repose la ville mythique des grands navigateurs en partance pour le tour du globe des océans. Nous titubons, aimantés comme des insectes par la lumière blafarde d'un phare braqué vers le large. Son halo nous attire vers les collines de l'île. Un ciel rose éclatant absorbe la nuit. La lune s'évapore. La pluie a cessé mais la pente reste glissante. Gustave s'en amuse. Il danse sur la route qui mène au sommet. Ma tête pèse des litres. Je suis ivre de tout vivre si vite.

A ce rythme infernal, je ne tiendrai guère longtemps. Gustave s'arrête, hume le vent, réfléchit un instant puis décide de bifurquer brutalement vers le port.

- Le vent s'est levé.
  Les alizés sont là.
- Et alors ?
- Tu ne comprends pas ?
  Le voilà enfin notre tapis volant !
- Mais….Quand allons-nous dormir ?
- Un vrai marin ne dort pas lorsque le vent se lève.
- Je suis au bout du rouleau.
- Mais non ! Quelle poule mouillée !
  Tu boiras plus de café et moins de rhum !
  Allez. On met les voiles.
- Mais…On a encore rien vu !
- Il n'y a rien à voir.
- Tu plaisantes ?
- Jamais.
- Et…Pour aller où ?
- Cap au sud. Direction les Caraïbes.
- Cap sur les cailloux, tu veux dire !
  On ne voit rien à plus d'un mètre !
  On ne va même pas sortir du chenal !

- Oiseau de mauvais augure.
C'est ce qu'on verra.
Je relève le défi.

Tout au bout du quai, à bout de nerf, retranché au fond de la cabine, j'attends le jour. Je ne veux plus dormir. Installé à la table à carte, Gustave trace, calcule, dérive, vent, temps, estime, afin d'estimer l'hypothétique jour et lieu de notre prochaine escale. L'air plutôt satisfait, il se lève d'un bond puis remonte vers le pont.

- En route !

Médusé, je n'ai plus le temps d'émettre un son audible. Il me vient l'envie d'hurler mais il est déjà trop tard. Cet homme n'est pas fait du même bois que les autres mortels. Taillé dans du bois flottant. Insubmersible.

Une sensation diffuse de menace persiste et m'obsède. J'imagine l'époque terrible des illustres pirates tous disparus, sillonnant les eaux dangereuses de l'archipel. Peut-être, allons-nous aussi sombrer sans que personne ne nous remarque.

La ville, le bruit, les habitations, la rumeur, s'éloignent. La vie du peuple insulaire s'efface. L'aube nous sourit.

Nous naviguons dans le chenal irradié de lumière rose. Aucun bateau n'emprunte notre unique sillage sauf le halo puissant du phare de la colline. Quelque chose d'hier s'évapore. Délivrance ou illusion ? Je trace. Gustave fait d'abord tourner le vieux moteur, puis les manivelles avant de tester la radio. Tout fonctionne à merveille sauf mon principal instrument, mon cœur, toujours en rade. La mécanique du cœur n'obéit qu'aux lois célestes.

Au sortir du chenal, son sourire solaire illumine ma fatigue. Sa joie de vivre m'émerveille. Gustave jubile. Sa résistance sur l'empire de l'alcool m'impressionne. Je délire, les yeux scotchés au plafond. Etrange noblesse que la sienne, cette noblesse à qui tout sourit depuis l'enfance. Il ignore la peur et le doute parce qu'il ne les a jamais rencontré.

L'océan est calme, le soleil radieux, et pourtant, je suis de plus en plus sombre. Je préfère les jours de tempête. J'aime le vent qui siffle et gifle les oreilles, le pont qui glisse, piégé de cordes meurtrières. J'aime chanter sous la pluie diluvienne. Tout me rappelle que le voilier peut chavirer à chaque instant, que chaque décision, chaque geste compte, qu'il faut du talent pour survivre en mer.

Il est peut-être là, mon paradoxe. Je ne suis peut-être pas doué pour vivre mais pour survivre.

L'océan en furie. Voilà mon unique domaine puisque je ne connaitrai jamais la paix sur terre, encore moins à l'ombre des dunes de ciments, ces remparts hirsutes et dérisoires hissés contre vents et marées. Leurs tours de verre où culmine l'arrogance ne montent pas vers le ciel mais prennent racines au très-fond des ténèbres. Ces heures d'escale à Santa Cruz ne m'ont rien appris. J'ai ressenti le même éloignement qu'à l'autre bout du monde.

Gustave dicte ses instructions à un homme d'équipage imaginaire. Sa routine bien huilée d'ancien officier de marine le rassure, à moins que ce soit sa manière de lutter contre les bras de Morphée.

- Neuf heures trente-trois.
  Tropique du cancer.
  Latitude 27 Nord-Longitude 15 West.
  Vent Alizés Nord Est.
  Route dégagée en direction des Açores.
  Tout va bien à bord.

Campé à la proue du bateau, canne à pêche à la main, les yeux rivés sur la ligne, je médite. La grandeur de ce voyage réside dans tout ce qui est invisible, dans tout ce qui se cache. L'amitié n'est plus la même en mer. L'épreuve extrême nous lie au-delà de nos états d'âme. Rien ne surpasse ce sentiment fraternel. Nous sommes deux navigateurs solitaires et solidaires.

Notre amitié n'a plus de limite, de borne ni de loi. Elle s'éveille dans la gloire du soleil se levant sur l'archipel, dans la promesse de l'aurore, dans la splendeur de rivages inconnus. Nos sens de plus en plus exacerbés accentuent l'exaltation de nos sentiments mutuels.

Nous sommes ivres de tout ce que nous avons rêvé de faire et que nous faisons ensemble, ici, et maintenant. A peine éclos, l'instant s'évapore en nostalgie joyeuse.

Il souffle un vent régulier de Nord Est. A cette allure, il sera plus facile de traverser l'Atlantique. En déroulant leur tapis roulant, les célèbres Alizés nous offrent une route de navigation idéale. Mes idées noires sont loin. Je goûte à l'enchantement du présent.

Gustave dort. Il m'a laissé la barre après ma pêche miraculeuse. Je suis peut-être un piètre capitaine mais un assez bon pêcheur. Face au bleu infini, je m'incline. Son intense luminosité m'aveugle. Toutes les voiles sont hissées, le silence, la vitesse, me comblent.

La rage de vivre du capitaine émérite est contagieuse. Elle m'oblige à me hisser à la hauteur de sa confiance. La loyauté, ce don d'estime qui m'engage, restaure ma dignité. J'ai faim, j'ai soif, et pourtant, malgré ma mémorable gueule de bois, je veille de toutes mes forces, de toute mon âme, à la bonne marche de notre voilier. La seule présence à bord de cet être exceptionnel exige que je me surpasse. Un souffle d'espoir est passé sur mon âme comme une risée sur l'immensité. Le soleil est revenu. L'albatros aussi. Je m'interroge.

Est-ce le signe que je n'attendais plus ?

Rien ne semble avoir changé et pourtant, tout a changé. Le paysage n'est plus le même. Quelque chose s'anime au loin, des cristaux miroitent sur l'étendue d'argent. L'albatros qui tourne dans l'azur, dessine un message. Annonce-t-il une nouvelle tempête ? Et si c'était autre chose ? L'oiseau emplit le ciel de mystères.

Je m'adresse à lui.

« Bel oiseau du large, tu apparais chaque fois que je n'espère plus rien. Tes battements d'ailes, ce sont mes battements de cœur. Ce cœur, qui par ta grâce, s'ouvre à nouveau. »

J'hésite à réveiller le capitaine. J'aimerais tant qu'il découvre ce que mes yeux refusent de croire. La joie se cristallise dans l'instant inespéré.

Il est parfaitement illogique que cet albatros nous est suivi depuis si longtemps. Et pourtant, il est là, bien là, planant majestueusement au-dessus de notre voilier.

La logique se perd dans l'intrigue céleste.

Au royaume éphémère des vents, je voyage au grès des caprices des Alizés. Notre escale pleine de bruits et de fureur est déjà loin. Je suis animé d'une fièvre légère, délestée de toute angoisse en l'avenir tant que l'oiseau sentinelle veille. Les heures glissent comme le sable fin des dunes. La radio du monde n'émet plus qu'un faible grésillement. J'ignore tout de ce qui se trame sur terre, dans ce monde factice et insignifiant des imposteurs et des tricheurs.

Je n'entends plus que la brise souffler sur les vagues, inlassablement. Personne ne peut se dérober à sa vérité. La lumière bleue est partout. Pendant que j'égrène ses nuances, le temps se cristallise en ode à la splendeur. Les ondulations sur l'océan m'offrent bien plus qu'un spectacle. Elles composent un livre sans fin où infusent les pensées les plus profondes. En mer, mon empire est intérieur.

Quelques heures de sérénité volées à la folie du monde. Ces moments de paix valent tous les efforts consentis. Une pluie de sensations me récompense de l'épreuve. Ce qui me rend digne ne s'achète pas. L'adversité en mer ne parle pas aux sages mais aux téméraires. Dans la gaité, nous nous sommes mesurés à l'orage.

Au cœur du danger, nous nous sommes même amusés. Une harmonie fragile règne désormais à bord. L'océan est un formidable vivier de rêves. Depuis que le voilier ne gémit plus sous les coups incessants des déferlantes, délesté de toute passion, je m'efforce à ne plus penser. Seul le vol de l'oiseau aux ailes immenses me captive.

L'albatros ne virevolte plus. Il file droit vers l'horizon, délivré de son impérieuse mission.

Du très-fond des abysses remonte les remords, ce long cri terrifiant que je n'oublierai pas. J'habite désormais ces contrées mystérieuses comme ces naufragés oubliés que l'on ne retrouvera jamais. Plombé par le poids du silence coupable, je ne suis plus qu'un simple mortel, largué au large des Açores.

Je ne possède rien. Mes dernières prières restent sans voix. Pourtant, je sens une présence, un sentiment auquel je m'abandonne en fermant les yeux.

Survient le désenchantement de ma mémoire.

Non loin de Nantes, le long de la Loire, un parc chargé d'histoire, peuplé de chênes centenaires et de tilleuls. Une vielle maison de pierres aux ardoises bleues abrite notre amour neuf. Je rentre de voyage.

La maison est bien silencieuse. Etrange à cette heure. Elle semble vide. Dans le grand salon, une immense voile de trois mats déchirée est étalée sur la table près de la machine à coudre. Où est-elle ? Son absence me tourmente.

Je fonce vers l'escalier. A l'étage, toujours personne. Le tour des chambres ne donne rien. Dans le vestibule, son sac à main et ses clés sont à leur place. Dehors, son cabriolet Anglais dort toujours sous le hangar à bateau. Rien ne cloche et pourtant tout cloche. Elle n'est pas là. Apolline est introuvable.

J'ai peur. J'ignore pourquoi je me dirige vers le sentier encore mal éclairé, à l'aube, qui mène jusqu'au fleuve. Dans l'air, flotte un parfum de pluie et de mélancolie.

Au bout du chemin, notre paradis perdu. Le ponton en bois où nous nous retrouvons souvent l'après-midi en été, semble abandonné. Le canot amarré n'a pas bougé. Elle n'est pas non plus en cabotage. Mon cœur se serre. Je scrute les alentours. Aucune trace de son passage.

A travers les hautes herbes, je traverse comme un fou le chemin de halage qui mène au verger. Je tombe à plusieurs reprises. Sous le vieil arbre au tronc craquelé, je m'arrête. Le banc en bois vermoulu où elle aimait se retrouver pour écrire de la poésie, lui aussi, est désert. Le chêne a l'air triste. Il a quelque chose à me révéler. Je m'accroche à une branche et grimpe au sommet.

D'en haut, la vue est dégagée. Les berges sont sinistres. Je plonge mon regard vers le grand fleuve faussement tranquille. Un sentiment violent monte.

Un héron cendré s'envole. Je détourne la tête vers lui. L'endroit attire mon regard. Les herbes sont couchées le long des berges envahies de nénuphars. Je manque de tomber à la renverse. Le paysage se métamorphose. Les nuages dessinent une ombre lugubre sur le fleuve. Il faut que je sache.

Je saute.

Le choc à terre est violent. Je me relève tant bien que mal, boitille, puis détale malgré la douleur plus vite que mon ombre. J'arrive, là où tout s'achève.

La tête dans les nénuphars, Apolline dort.

Sur son visage, un masque de cire. Son corps repose dans les herbes folles. Sans la réveiller, je la porte à bout de bras, marchant tel un automate jusqu'au seuil de la maison. Sur le chemin semé de ronces, les nuages du crépuscule révèlent son teint pâle, ses lèvres bleues. Une lance me frappe en plein cœur. Apolline ne respire pas. Apolline ne respire plus.

Apolline dort pour l'éternité.

Dans notre chambre sous les toits, je lui parle toujours. Elle m'écoute. Je le sais. Elle n'est pas si loin, ailleurs. Elle parait si belle dans sa robe blanche d'été avec ses cheveux noirs formant des boucles rebelles.

Vite. Construire un mausolée avant que la nuit tombe. Je ravage les parterres de fleurs en arrachant toutes les roses à peine écloses. Je veux toutes les couleurs de l'arc en ciel pour magnifier tout ce qu'elle m'inspire. Les épines sont pour moi. Je les porte en couronne.

L'effroi me gagne. Le froid m'envahit. Ses mains fines sont de plus en plus bleues. J'aimerais les serrer contre mon cœur. Je n'ose même plus la frôler. Sacrilège. Plus je la contemple, plus j'ai envie de rejoindre le royaume étincelant de noir où elle vient d'être sacrée reine.

Sous la lueur de fin d'un monde, je regarde vaguement dehors. Le faux calme luxueux du parc n'est plus qu'un champ de ruines dévasté. Un lièvre détale, un corbeau s'envole, un hibou s'éveille, la vie a repris possession du paysage désenchanté.

Je traverse la grande vallée d'un conte cruel qui n'aura plus de fin. Son visage en paix m'apparait telle une ombrageuse divinité. D'étranges métamorphoses se poursuivent en elle. Je ne reçois plus aucun message. Elle est hors de portée, hors du temps, délivrée de ses secrets, de ses mensonges, emportés pour l'éternité.

Le jour ne se lève plus. Le soleil a disparu sous la brume du clair-obscur. J'attends la lune pour veiller sur la reine des ténèbres. Je fouille chaque recoin de notre chambre à la recherche d'un signe, d'une lettre. Rien. Le mystère s'épaissit. Elle s'en est allée sans un mot, sans une explication.

Comment survivre à son ultime facétie ? A ce mauvais tour ? Elle est morte mais est restée libre. Moi, je suis condamné à la vie. C'est moi le prisonnier.

La colère se mêle au désespoir. Il me faudra une vie entière et peut être au-delà, pour comprendre ce qui s'est réellement passé en ce lieu, l'espace d'un instant. Jusqu'au bout, elle a défendu son royaume secret.

Le crépuscule est illisible. Il ne me reste que nos souvenirs pour tenter de me convaincre qu'elle m'a aimé. La nuit file d'étoiles en étoiles, mortes. Par la fenêtre, la lumière électrique pendue au réverbère de l'allée, ment. Il y a bien longtemps que l'on ne voit plus rien. Une brise passe dans les tilleuls dont le souffle retient son sourire et son parfum d'été.

Un nouveau sentiment m'assaille, entre haine et amour. J'étouffe. J'ai soif. Je descends en trombe jusqu'au bar. L'arc en ciel qui passe à travers le cristal des coupes, me plonge dans une profonde nostalgie. Je me souviens de l'heure exquise, dans le jardin d'hiver.

Nous buvons un verre de gin sur un morceau de jazz. Apolline rayonne. Elle porte le même parfum d'été.

Rien ne filtre de son mystère, un bloc d'opale mêlé au silence. Plongeon dans son regard fixe. Vertige des profondeurs où rodent les grands squales.

A peine éclairée, la chambre funéraire ne laisse plus pénétrer que l'éclat vénéneux de la lune. Les secondes, les minutes, les heures, ne tournent plus. Une alchimie se prépare en secret. Le passage vers l'autre monde.

Le miracle nait du néant. Le temps s'est changé en or noir. Il rayonne et traque la lumière dans chaque angle mort. Le long des coulées de métal, un temple surgit. Je veille sur son royaume jusqu'à l'aube. Et même si des distances infranchissables s'accumulent entre nous, j'attends, le cœur battant, un signe.

Sur la vitre embuée, une libellule se pose. Des mots se dessinent.

Délivrance.

J'ignore tout de son départ brutal mais je sais qu'elle n'est pas loin, qu'elle ne sera jamais loin. Je tremble. Les mots d'Apolline dessinés à la plume de brume ne s'effaceront pas.

La haine s'est envolée. Je respire, enfin. Hier encore, tout était obscur. Ce matin, tout est redevenu limpide. Et ce qui me bouleverse le plus, c'est d'avoir reçu une preuve solennelle que l'on ne meurt jamais.

Rien ne disparait. Derrière la vitre sans tain du monde tangible, des âmes nous observent. Il faut juste savoir les écouter. L'avenir redevient possible puisqu'il existe un sens à l'existence, puisqu'on n'avance jamais seul.

La chambre est baignée de clarté. Malgré les belles boiseries usées, les meubles anciens de marine sont vernis, lustrés, brillants. Chaque objet est à sa place. Aucune négligence n'est visible dans la pièce. Tout lui ressemble. Je la contemple. Son visage de plus en plus pâle semble s'animer. A moins que ce soit autre chose. Ma conscience…Ou peut-être…Les vapeurs d'alcool. L'aube ne m'a pas dégrisé.

Aujourd'hui, je ne rêve plus. Mon cœur est à jamais un jardin sauvage dévasté, prisonnier d'une fée fantasque régnant sur un domaine aux arbres trop bien alignés.

J'ouvre le tiroir dérobé du secrétaire où elle cachait ses livres de prière. Je tombe sur le livre du grand mystère. C'est à lui de choisir sa sentence.

Mets-moi comme un sceau sur ton cœur, comme un sceau sur ton bras, car l'amour est fort comme la mort. La jalousie est inflexible comme le séjour des morts, Ses ardeurs sont des ardeurs de feu, une flamme de l'éternel.

Les grandes eaux ne peuvent éteindre l'amour.

Cantique des cantiques.

Longtemps, je songe. Je referme lentement le tiroir, efface toute trace de mon passage avant de m'enfuir par-delà les plaines et la campagne pour ne plus rêver.

Après de longues heures de marche, le paysage change. Une rivière de remords coule désormais au fond d'une vallée de bois mort. L'océan n'est plus loin. Les odeurs de plantes se sont mêlées aux embruns. Les vagues et le sable, l'ultime voyage. Le silence d'Apolline leste chaque pas. Ses yeux ne cessent de m'interroger. Tourmenté, je me concentre sur ma cavale.

Heureusement, il y a le révolver. Au cas où. Au cas où les prochains jours ressemblent à celui-là.

J'entends encore au loin les sirènes hurler. D'immenses flammes montent vers l'enfer et défient les soldats du feu. J'imagine l'incendie ravageant l'unique lieu où je fus un jour, heureux.

Dans ma main gauche, je garde son chapelet préféré. Celui qu'elle posait tous les soirs sur sa table de nuit. Je le serre tellement fort que sa croix en or s'imprime dans ma paume jusqu'au sang.

Sur ma route, partout des éclats de bonheur pulvérisés. Je tente de me persuader qu'ils ne sont que mirages. Rien n'y fait. Les crêtes sont couronnées de la même chevelure tressée d'éclairs noirs. J'affronte des dragons invincibles crachant le feu des entrailles de l'enfer. Partout où je vais, je suis son prisonnier.

Il est presque cinq heures. L'heure du coucher de lune. Nous naviguons près du triangle des Bermudes. Encore deux ou trois jours de mer calme avant de voir la terre ferme. Gustave ne me parle plus que de ces fameux cailloux, baignés de soleil, où il fait bon se la couler douce. Je ne l'écoute que d'une oreille. Sa belle litanie sonne faux. Je me méfie des trop grandes promesses.

Cuba, Jamaïque, Trinidad, Tobago.

Ces noms célèbres distillés dans de vieux fûts de rhum Caribéen résonnent comme des airs trop tapageurs de carnaval. On verra bien. Pour l'heure, je ne sais même plus si j'ai envie d'accoster. Je goute à cette agréable sensation d'être au milieu de nulle part, loin des radars, entre deux continents, deux sentiments. En traversant à la voile l'océan, j'ai découvert l'insoupçonnable vérité.

Rien n'est insurmontable. Je ne crois plus au supplice.

Au plus fort de la tempête, j'ai cru cent fois me noyer, bloqué au fond de ma cabine. Finalement, je n'ai pas tant souffert et surtout, cela ne m'a pas semblé être un si grand évènement. Depuis que nous avons échappé au naufrage, je ne connais plus l'angoisse devant la mort. Toutes ces grandes orgues du désespoir, tous ces cris d'effroi, ces gestes de panique pour tenter d'échapper à l'inéluctable ne m'inspirent désormais que du dégout. Il est là, le naufrage.

Aujourd'hui, une grande rage me gouverne. La rage de survivre. Debout, sur le pont, aimanté par les astres, conscient du privilège de respirer l'air du grand large, je collectionne les instants rares et précieux, les seuls qui traverseront le temps jusqu'au dernier jour de mon bref passage sur terre.

Six heures. L'aube éclate.

La lune est morte. Le soleil s'étale en longue trainée de poudre rose. Tout conspire contre l'ombre. Je n'ai pas dormi de la nuit, encore et toujours emporté par le même songe. Encore un jour gracié uniquement porté par la douceur des Alizés.

Encore un jour volé aux regrets.

Gustave ne tient plus en place. Exalté, il arpente le pont en long et en large, répétant à l'infini les mêmes gestes, vérifiant sans cesse la résistance du moindre cordage. En dehors de ça, il passe le plus clair de son temps à scruter à la longue vue l'horizon. Il me fatigue.

La perspective d'apercevoir bientôt les contours de notre terre promise, le transporte de joie. Plus il s'agite autour de moi, plus j'ai envie de me plonger dans une profonde léthargie. En mer, aucune lenteur, aucune langueur, n'est vaine. Dans chaque instant gagné sur l'agitation, se dégage une nouvelle grâce, une heure de bonheur, suspendue entre air et eau. Comble ultime, j'ai retrouvé dans la soute un véritable trésor, une pile de livres anciens.

Des heures entières dédiées à la ferveur habitent mon cœur neuf. Sous le règne de la torpeur, allongé sur le pont, en déserteur du malheur, tout le reste se détache. Mon âme alanguie s'envole pour rejoindre les oiseaux du large, admirer les ballets des dauphins. Oublié le fiel et l'arrogance des années à terre. J'aime ce voyage aux antipodes jusqu'aux confins du globe.

Mystérieuse charade d'un cœur à rebattre.

Onze heures. Pas un souffle de vent.

La chaleur nous écrase. La soif tourne au vertige. Malgré l'étuve, je demeure sur le pont, à l'ombre, sous la forteresse de toile, assiégée de toute part par le zénith.

Midi. Terre en vue !

Une longue silhouette brise la ligne d'horizon. Gustave trépigne comme un enfant qu'il n'a jamais cessé d'être.

- Jonas !
  Voilà notre île !
  C'est Cuba !
- Incroyable. On l'a fait.
- Nous l'avons traversé ce satané océan !
  A nous maintenant La Havane !
  L'île est fantastique !
  Tu verras !
- C'est ça. Je verrais…
- Quel enthousiasme !

S'arracher à la volupté des étreintes d'un beau roman, m'accable. Gustave m'exaspère. Cette nouvelle escale à La Havane ne m'inspire rien de bon. Encore une nuit de vacarme et d'ivresse. Encore un matin pâle où l'on se réveille pitoyable dans les bras d'une autochtone au cœur vieux. Je n'ai pas traversé la colère de l'océan, comblé mon âme en peine de merveilles pour vivre ça. Dans ma tête rebelle, la dissidence s'organise. Gustave ne m'emmènera pas là où bon lui chante. J'ai un plan.

Quinze heures. Baie de La Havane. Nous remontons le boulevard du Malecôn au volant d'une Pontiac cabriolet turquoise. La route côtière qui mène à la ville est bien plus qu'un long ruban de bitume défiant l'océan, c'est une artère mystique. La foule qui se presse contre la digue où rugissent les vagues, le sait. Comme tous les après-midi, elle attend le crépuscule pour jeter ses offrandes aux dieux, et prier lorsque le soleil immolera l'océan. Au cœur du tumulte, le festival de l'étrange est lancé au premier regard. Tandis que nous enjambons la tête d'un poulet décapité gisant à terre, je lève la tête vers l'étage d'un immeuble colonial délabré d'une ruelle déserte. Un air de piano s'échappe de la fenêtre. Attachée à un fil, une clé se balance dans le vide.

Foudroyé par la virtuosité, je reste pétrifié. Qui joue ainsi du piano ? J'imagine. La tentation est là. J'hésite. Je brûle d'arracher la clé, de foncer jusqu'au dernier étage, découvrir qui est ce virtuose.

A peine débarqué à la Havane, le mal est fait. Je suis envouté. Hilare devant mon air complètement ahuri, Gustave enroule son bras autour de mon cou.

- Allez !
  Viens Jonas !!
  Tu n'as encore rien vu !
  Je t'emmène dans un lieu magique !!

Seize heures. La Bodeguita Del Medio.

Nous pénétrons dans un bar réputé au charme suranné. Sur les murs recouverts de photos jaunies, de dessins, d'autographes d'artistes illustres, l'épopée de nuits plus que légendaires défile. La magie opère. Le bar est à la hauteur de sa légende.

Le rhum, les rires, les paroles inspirées, coulent à flot. L'ambiance joyeuse fait oublier aux artistes du présent la misère et la liberté surveillée.

J'ai la tête qui tourne. Le vacarme et la multitude me saoulent. Il y a encore une heure, j'étais seul au monde, uniquement bercé par la houle et les cris de ralliement d'un albatros. Maintenant, je suis perdu dans la forêt profonde de visages étrangers. J'ai le mal de terre.

Gustave enchaine les cocktails aux mélanges toujours plus savants avec toute l'ardeur d'un navigateur frustré depuis des jours, et qui compte bien arroser sa victoire. Sa descente est à la hauteur de ce que fut l'adversité en mer. Affronter les éléments en furie avec un coéquipier distrait et rêveur fut loin d'être de tout repos. On ne rêve pas en mer. On vit son rêve. Voilà ce qui fait l'étoffe d'un vrai navigateur. Il est exclu que je suive la pente dangereuse du capitaine comme lors de notre brève halte aux îles Canaries. Chacun son délire.

- Donne-moi les clés de la Pontiac.
- Quoi ?
  Qu'est-ce que tu me chantes ?
- J'ai besoin de prendre l'air.
- ça fait des lustres que tu prends l'air !
  Le nez toujours au vent sur le pont du voilier !
- Justement.
  J'étouffe ici, entre ces quatre murs.

- Mais on vient à peine d'accoster !
- Et puis…Il y a autre chose…
- Quoi encore ?
- J'ai quelque chose à te dire.
- Je t'écoute.
- Non…Rien. Ce n'est pas le moment.
- Ça recommence.
  Ce n'est jamais le moment.
  Allez ! Sois un peu fou, Jonas !
  Fêtons notre traversée !
- Impossible.
  Le cœur n'y est pas.

De guerre lasse, Gustave jette les clés de la Pontiac sur le comptoir.

- Un mauvais marin en mer fait souvent un très mauvais marin en escale.
- Ne le prends pas mal.
- Dégage.
  J'ai assez vu ta triste mine.
  Rendez-vous demain à sept heures précises dans le hall de l'hôtel Ambos Mundos.
  Si tu n'es pas à l'heure…
  Considères toi comme définitivement libre.

Dix-sept heures. Bahia Honda.

La route sinueuse du Nord qui mène à Bahia Honda est splendide. Aux collines boisées se succèdent les vallées irriguées de fleuves et de rizières aux ombres dorées. Cachées sous de hauts palmiers, quelques fermes au charme rustique coiffées de toits de chaume, parsèment la campagne surplombée par la montagne.

A mille lieues de la frénésie de la ville, je roule vite, musique à fond, cheveux au vent dans mon cabriolet. Le paysage bucolique contraste avec le désert de ma géographie intérieure. J'ai la sensation d'être un déserteur. L'heure de vérité est passée. Elle est derrière moi. Sur la route cabossée, je retrouve mon paradis perdu. La solitude extrême me comble de tout ce que je suis venu chercher en voyage. L'imprévu.

Près d'une plantation de café, une ferme auberge. Un paysan me fait des signes avec sa machette. Je me gare. L'accueil me plait. Une véranda donne sur un jardin luxuriant. Le vieux Cubain m'installe à l'intérieur en m'indiquant un fauteuil à bascule. Un frisson me parcourt l'échine. Le lieu ressemble à un jardin d'hiver. Tout me revient en boomerang. Je suis cerné.

Il n'existe aucun endroit, même reculé où je suis en paix. La mort dans l'âme, je prends congé de mon hôte, et repart aussitôt vers l'Ouest, sur une route inconnue s'enfonçant plus profondément dans la vallée noire.

Le soleil rouge rase les palmiers. Une libellule se colle au pare-brise. Agacé contre cet insecte ridicule qui me pourchasse, j'actionne le jet meurtrier du lave-glace, puis allume la radio. Un air de salsa nostalgique me parle encore d'elle. J'accélère. L'immense lagon aux eaux limpides qui borde le ruban d'asphalte noir est un miroir aux alouettes. J'ai sillonné pendant des jours et des nuits l'océan et sa lumière. Pour rien. Partout, la même noirceur, tenace, obsédante. Je n'ai rien oublié.

Passager de ce vaisseau aveugle, perdu en dissidence, j'écoute l'appel du large, s'enfler de la rumeur céleste. Le bruit régulier du moteur est trompeur. Autour, c'est le grand dérèglement des sens. Dans le rétroviseur, des kilomètres de temps dilapidés. Mes jours d'exil ne retiennent que la fuite en avant, la fièvre et la poussière. Le charme subtil de la campagne, ses villages paisibles, ses fermes auberges aux beaux jardins d'orchidées, n'opère plus.

Un visage de cire flotte éternellement dans les nuées et désenchante l'horizon. Ce voyage extraordinaire du bout du monde ne sera jamais solitaire. Puisqu'il en est ainsi, puisque je suis maudit, puisqu'il n'existe aucun refuge, aucune paix pour une âme tourmentée, alors, autant rejoindre la fureur et le bruit, la nuit et ses folies.

Il est presque minuit lorsque je me retrouve devant la façade rose pâle de l'hôtel de luxe Ambos Mundos.

Gustave me déçoit. Lui qui ne chérit que sa liberté, vénère un ancien habitant de l'île. Ernest Hemingway. J'ignore si c'est l'écrivain ou le voyageur qu'il préfère. Peut-être le pêcheur. Il voyage sur ses traces. Partout, des photos de l'artiste témoignent de son séjour dans l'hôtel. Au bar panoramique du dernier étage, la musique trop sucrée distillée au piano me tape sur les nerfs. Mal installé, sur un tabouret bancal, je descends avec assiduité, la carte des cocktails qui ont rendu le bar célèbre. La nuit liquide est dilapidée entre Daïquiri et Mojitos. Je ne sais plus ce qui me ravage le plus, les mélanges ou les sourires des filles. L'ardeur monte d'un cran. Une fille magnifique me transperce le cœur. Je manque de tomber à la renverse. Vite. Déguerpir de ce maudit bar avant de faire un malheur.

A la réception de l'hôtel, le concierge m'annonce avec un air triomphal que la chambre mythique 511 d'Ernest Hemingway m'est réservée. Sacré Gustave. Il aime soigner tous les détails. Le diable m'attend à l'étage. Le concierge me regarde et semble gravement étonné. Dans mon casier, une clef et une missive m'attendent. Je lui demande de la lire puis de traduire.

« Cuando estès listo, ven a buscarme, esta noche al calle Obispo. »

L'employé s'amuse. Il m'adresse un sourire narquois puis murmure l'impensable :

- « Quand tu seras prêt…
  Viens me retrouver cette nuit rue Obispo. »
- C'est tout ?
- C'est tout.
  Chez nous, à la Havane,
  On dit que c'est la nuit,
  Qu'il faut croire à la lumière.
- Il y a bien longtemps que je n'y crois plus.

Sous mon crâne sonne la révolte.

J'ai traversé l'océan, le vent, la tempête, les champs de tabac brulés sous un soleil de plomb. J'ai croisé des mirages et des visages, des fleurs à peine écloses déjà mortes, des fleuves faussement tranquilles endeuillés. J'ai connu la faim, la soif, la colère de Dieu.

Et voilà qu'aux portes de la nuit éternelle, avant que le grand sommeil guettant mon dernier faux pas, m'emporte, je goute au bonheur inouï de comprendre dans une langue étrangère ce qui se trame ici.

Incroyable. J'ai dans la main la clef d'un rendez-vous. Quelque part, au cœur de cette ville presque inconnue, quelqu'un m'attend. Ni le soir, ni le ciel ne m'avait fait de signes. J'ai même chassé la libellule qui venait en éclaireur. Je ne suis qu'un idiot.

Cette libellule, n'est-ce pas une âme disparue qui vient jusqu'à moi ?

Chaque fois que je le vois, quelque chose d'important se passe. L'avenir ne tient parfois qu'à un battement d'ailes…Ou à quelques notes de piano…

A Cuba, les belles histoires débutent sur un air de salsa.

Sous une pluie battante, le cœur en fièvre, l'âme amère, je déambule tel un vagabond dans les ruelles obscures, à la recherche d'un puit de lumière et de quelques notes de Mozart.

Il fait encore chaud. La lune est pleine de menaces à peine voilées. J'avance d'un pas rapide sans penser au retour. Et même si je me perds, je suis heureux de vivre de nouvelles sensations. L'alcool n'y est pour rien.

Je ne crois plus en ce qui m'entoure. Je marche en plein mirage. Je fais de cette heure qui bat sans mesure ma seule espérance. Happé par l'élan de l'extrême désir, j'ignore la peur et le danger.

Un démon m'attend peut être aussi, tapi dans l'ombre d'un hall, aux aguets, prêt à me massacrer. Qu'importe. Je suis encore riche de cet ennemi qui me veut du mal. Il prouve que j'existe, en ce lieu, en cette heure qui m'a choisi.

Elle est là, devant, ouverte sur l'incandescent mystère. La fenêtre est éclairée, à moins que ce soit le ciel qui a rallumé les étoiles. Une silhouette apparait. C'est bien la fille aux cheveux noirs, croisée il y a une heure au bar de l'hôtel. Penchée à sa fenêtre, elle me regarde. Posé sur son épaule, un haras jaune et noir me toise.

La lumière de son visage, son élégance naturelle, me trouble à la folie. Je ne touche plus terre. J'ai dans la main l'impensable, le plus grand des trophées, la clef. Elle me sourit puis m'invite à monter.

Dans le hall délabré de l'immeuble, la pénombre règne. Le diable m'attend. Il est surement tapi dans l'ombre, victorieux. J'ai cédé à toutes les tentations.

Je monte quatre à quatre vers ma perte. Une odeur âcre de moisissure me prend à la gorge. Avec ses peintures anciennes écaillées, sa rampe vermoulue, ses marches gondolées craquant sous chaque pas, la cage d'escalier n'a rien d'engageant.

Pourtant, j'admire chaque détail s'imprimant dans mon panthéon intérieur. Sur le seuil de la porte en bois ridé, la clef qui tourne dans la serrure bloque les aiguilles du temps. J'entre.

Un parfum de livres anciens mêlé à celui d'un songe, m'envoute. Par la porte entre baillée, deux perroquets me surveillent du coin de l'œil. Personne ne m'attend dans le corridor mais la musique a envahi tout l'espace. Guidé par Mozart, je traverse un salon au luxe d'antan, orné d'étoffes en soie et de bois précieux puis pénètre au sein d'une vaste bibliothèque où conspirent depuis des siècles, les mêmes histoires de batailles de pirates, de galions et d'invasions.

Au centre de la pièce, la fille joue sur un piano à queue. Elle ne me regarde pas. Captivée par les notes du concerto n°23, ses longs cheveux bouclés m'ensorcèlent. J'aime à la fureur sa grâce. Le silence qui suit, résonne de tout ce qui ne peut se concevoir. Sous l'empire de l'instant, je succombe. L'incandescence de son sourire vient de dévaster toute tentative de résistance.

- Comment t'appelles-tu ?
- Jonas.

- D'où viens-tu, Jonas ?
- Je viens du pays du froid.
- Et que fais-tu à Cuba ?
- Rien.
  Je suis juste en escale.
- Un navigateur…
  Je vois…
- Tu n'aimes pas les navigateurs ?
- Pas du tout…
- Pourquoi ?
- Ils ont la fâcheuse habitude de se comporter…
  En conquérant…
  Et de se croire en terre conquise.
- Pas moi.
- Approches toi.
  Je veux voir tes yeux.
  J'ai besoin de les lire.
  Ils me parlent d'un long voyage.
- Possible.
  Comment t'appelles-tu ?
- Avril.
- Qui es-tu, Avril ?
- Je suis la vague que je vois dans tes yeux.

Je ne réponds pas.

La vague qui me submerge, le parfum délicat de sa nuque mêlé au sortilège de sa peau, m'achève.

Dans le silence obscur de l'intime consentement, Avril entame une danse improvisée. Juste quelques pas de danse dans la pièce. D'un baiser sur ma bouche, mon sort est scellé. Je fixe l'artiste. Mes yeux se brûlent. Sous sa robe de lin noire, son corps fin de danseuse me donne la fièvre. Je goûte à la ferveur et l'embrasement.

Par la fenêtre, je contemple le ciel impur. Les cymbales de la pluie se sont tues. L'astre maudit vampirise toutes les ombres de la chambre. Entre les colonnes de marbre fardées de nuages peints et ornées d'anges déchus, un lit de taille royal. Il n'y a plus d'espace entre nous, plus d'air pour respirer. Rien ne s'oppose à la folie.

Les vagues qui se succèdent emportent nos âmes à la dérive vers des abîmes dont on ne revient pas indemne. Même les aiguilles du temps sont mystifiées. Plus rien ne tourne rond.

La nuit est trop belle pour la laisser filer.

L'alchimie des peaux est un mystère que rien n'élude. L'or du silence, le sel des soupirs, le sable mouvant des étreintes, métamorphosent le cours asséché de nos vies. Echoués sur notre rivage, nous restons songeurs.

Demeure le parfum vénéneux de l'extase et de l'oubli. L'aube neuve est une orange qui se dévore.

Il est presque sept heures.

L'heure du départ approche. A peine levé, je sombre dans un sentiment paradoxal. L'euphorie tourne à la mélancolie. J'imagine déjà Gustave, exaspéré par mon retard, faire les cents pas dans le hall de l'hôtel.

Avril ne me quitte pas des yeux. Elle me regarde comme j'ai toujours rêvé qu'on me regarde.

- Il faut que je m'en aille.
  Attends-moi.
  Je reviens.
- Tu n'es pas obligé.
  Tu es libre.

Je ne réponds rien. A l'évidence, Avril ne me croit pas. Et je n'ai pas envie de la convaincre.

Dehors, la chaleur, l'humidité, me prennent à la gorge. Le souffle rapide et court, je cours par de-là les ruelles sales de la ville, entre les poubelles vides qui débordent et les chiens errants faméliques.

Dans le grand hall de l'hôtel, personne.

Gustave ne m'a pas attendu. Ultime chance. Le port.

Je fonce. Difficile de se frayer un chemin à travers les boulevards envahis par la foule agglutinée devant le spectacle du soleil sortant de l'océan. Tout ce monde m'oppresse. Je ne retrouverais jamais mon capitaine entre les noceurs et les pêcheurs.

Soudain, au bout du quai, ma tête chavire. Le voilier n'est plus là. Le plus grand des déshonneurs me guète. On n'abandonne pas le capitaine, ni son navire avant la fin du voyage. Encore moins sans prévenir au cours d'une escale. Un marin de la trempe de Gustave mérite mieux qu'un coéquipier défaillant. Mon cas est grave. Il ne s'agit plus de respecter le code de navigation, ni de tenir ses engagements.

Il s'agit du code suprême de l'amitié, l'honneur.

Sous la lumière orange, le voilier bleu brise l'horizon. Il est déjà loin. Dévasté, je baisse la tête. A travers le miroir d'eau, je ne distingue que la vase qui remonte à la surface. Autour, la foule rit, s'amuse, crie, jubile.

Les festivités du jour sans fin ont débuté en fanfare. Les grandes gerbes folles s'écrasant contre les parapets ne m'atteignent plus. Je décide de rentrer à l'hôtel.

A la réception, le concierge grimace. Ma mine défaite l'interroge. De plus en plus taciturne, je ferraille contre la violence qui monte, à mesure que la curiosité du type tourne à l'inquisition. Dans un effort surhumain, je feins le calme des vieilles troupes.

- Avez-vous du courrier pour moi ?
  Chambre 511.
- Elle vous a plu ?
- Quoi ?
- Notre chambre mythique.
- Je ne sais pas. Je ne l'ai pas vu.

- Dommage.
- Je vous ai posé une question.
- Désolé. Je ne pensais pas…
- C'est ça. Ne pensez pas. Alors ?
- Je ne vois rien dans votre casier.
  Vous n'avez aucun message, monsieur.
- Vous en êtes certain ?
- Absolument certain.
- Vous étiez-là ce matin ?
  Vers sept heures ?
- Non.
  Mon service débute à huit heures.
- Appelez votre remplaçant.
- Impossible.
  Il doit dormir à cette heure.
- Alors, réveillez-le !!
- Nous ne dérangeons jamais le personnel au repos sauf pour une urgence.
- C'est une urgence.
  Décroches ce satané de téléphone.
- Ne vous énervez pas, cher monsieur.
  La nuit ne fut pas assez belle ? Peut-être...

Et voilà. Le sarcasme de trop. Le mal est dit. Et fait.

La phrase qui touche en plein cœur. Heureusement, il y a le révolver. Je lui colle le canon sur la tempe. L'arme se révèle toujours efficace contre le flot des palabres. Etrangement, le calme revient.

- Dépêches-toi.
  Je te conseille de ne pas te tromper de numéro.

Une perle de sueur coule sur la tempe du concierge. Au bout du fil, un employé à l'humeur charbonneuse après son réveil intempestif, vocifère.

- Que se passe-t-il ?
  Pourquoi tu me déranges ?
- As-tu remarqué quelque chose de particulier,
  Ce matin ?
- Tu plaisantes ?
  Un carnage !
  Un cinglé a tout envoyé valser dans le hall !
  Les vases, les fleurs, les photos !
  Tout y est passé !
- Qui était-ce?
- Un client de l'hôtel. Je crois.
  Un grand marin, parait-il…
  Il a filé dès que nous avons appelé la police.

- C'est tout ?
- C'est déjà pas mal ! Non ?
  Un carnage ! Je te répète !
- J'entends. Arrête d'hurler.
  Merci. A demain.

Gustave. Son passage n'a laissé personne indifférent. Sa colère m'enchante. Le concierge raccroche mais je ne baisse pas la garde.

- Maintenant, tu rappelles la cavalerie.
  Tu vas déclarer que tout est réglé.
  Le client est revenu.
  Il s'est excusé. Tout est réparé.
- Mais…
- Vite. Je m'impatiente.
  Après les bouts de verre, ce sont des morceaux de cervelle que ton remplaçant va ramasser à son prochain service.

Pendant qu'il s'exécute, je glisse une liasse de billets dans la poche de son veston aussi écarlate que lui.

- Et motus.
- Attendez.
  Il y a quelque chose que j'ai oublié de vous dire.

- C'est fou comme la mémoire revient vite !
- J'ai retrouvé ce mot griffonné au sol.
  En voulant le glisser dans un vase…
  Votre ami l'aura fait tomber par mégarde.
- Voilà !
  Tout s'explique !
  Tu vois quand tu veux.
  Une dernière chose…
  Taches de redevenir amnésique.
  Histoire de ne pas gâcher mon départ.
  Ne m'oblige pas à revenir.
  Adieu, ami de la Havane.

Dehors, la capitale aux milles colonnes me laisse une impression étrange. Plongée dans la torpeur de midi, le charme des maisons craquelées, des anciens palais lézardés, n'opère plus. Je marche dans un décor figé un jour de révolution qui aurait tourné à la désillusion. L'horloge des rêves de grandeur s'est détraquée.

Les anciens palais Andalous endormis ne sont plus que des ruines ouvertes aux quatre vents. Jamais je ne me suis senti autant en exil que dans cette ville fatiguée, nonchalante, tabassée de chaleur.

Même les chats de gouttière se trainent. Ils rampent le long des rigoles asséchées bordant les trottoirs, cherchant refuge sous les ombres rares des arcades.

Ma nuit blanche me hante. Usé de fatigue, assommé par des litres de rhum et la chaleur, mon corps atomisé commence à lâcher. Seul mon esprit fiévreux résiste, tourmenté par ce qu'il ne comprend pas.

Sur le seuil de la maison d'Avril, j'hésite.

Quelle est cette tentation de partir ?

Une étrange transformation a lieu. Les plaisirs, les jeux savants de la nuit, les étreintes éphémères, me semblent futiles. Sur le chemin tortueux de ma destinée vient de passer la seule nouvelle essentielle, mon ami est parti. A cette heure, il est déjà loin.

A l'heure zénithale où la plupart des terriens se cachent au fond de leurs terriers aux murs rongés par le sel et le vent des ouragans, Gustave vogue, tranquille, debout, à la barre de son voilier, le cœur et l'âme exaltés, aussi libre que l'albatros.

Je trépigne. L'appel du large s'est réveillé.

Mon esprit est assez vaste pour contenir la géographie des mers. Les façades délavées, les arcades fissurées, les escaliers en colimaçon, les boutiques de fleurs en flacon, les bars sombres où coulent des nuits sans fond, les restaurants enfumés au fond des patios mal famés, tout m'indiffère. Je crève d'ennui. Je songe à Avril qui m'attend, peut-être. J'espère que non. Je ne suis qu'un oiseau migrateur. Je lève la tête, une dernière fois.

La clé n'est plus là, définitivement pendue au mystère.

Sur le balcon en fer forgé rouillé, une libellule se pose. Ses ailes translucides ont la couleur du vent de l'amitié. Il est grand temps de s'envoler.

Des odeurs âcres de cuisine flottent dans l'air du port. Je bifurque vers la jetée et croise un pêcheur, casquette vissée, cigare et sourire aux lèvres, une nasse à la main. Nous échangeons des banalités faussement enjouées de ceux qui ne cherchent pas aller plus loin. Pourtant, son air las et blasé m'inspire. Il semble digne de confiance. En contrebas de la jetée, des barques aux coques sang et or sur fond d'azur, amarrées au ponton, me font de l'œil. Aussitôt, je demande au pêcheur où se trouve la sienne. Il ne me répond pas. Cet homme me plait.

Je suis heureux d'être là sur ce quai, plus tout à fait sur terre, entre le ciel brut d'acier et la mer d'argent.

A l'extrémité du quai, presque désert, face au rempart, quelqu'un m'observe. La lumière du soleil m'éblouit. Je distingue à peine une silhouette à contre-jour. Non. Ceci n'est pas un songe. Avril, la fille au gout de miel et de pluie, m'a retrouvé.

Cachés derrière ses grandes lunettes fumées, je devine ses yeux mélancoliques. Hésitante, au bord du jour qui oscille entre ombre et lumière, elle marche lentement vers moi. Une immense vague à l'âme me submerge et m'engloutit. Mon âme déjà en lambeaux se déchire. Que faire ? Je marche sur le toit de l'enfer.

Vers qui se tourner ? Gustave ? L'ami loyal et fidèle, à qui je n'ai rien promis, mais pour qui je peux mourir dans l'instant. Avril ? Au beau regard frondeur, qui ne ressemble à personne. Péril sur ma liberté.

Concentré à réparer sa vielle nasse trouée, le pêcheur rigole. J'ignore ce qui le fait tant rire mais j'ai la désagréable sensation qu'il se paye ouvertement ma tête. Au prochain ricanement, je lui fais avaler son cigare.

- Elle est belle, non ?
- Qui ?
- Ne faites pas semblant de l'ignorer.
  Vous êtes livide depuis que vous l'avez vu.
- Vous la connaissez ?
- Qui ne connait pas Avril ?
  Notre plus grande chanteuse et danseuse.

L'horizon se trouble. Des larmes des anges tombent du ciel. Encore un mirage.

Et s'il me plait à moi, d'aimer cette artiste dans cette ville à l'abandon, assommée de soleil et de misère ? S'il me plait de l'emmener où elle veut, puisque je suis heureux, puisque je ne sens plus ma fatigue, puisque je suis encore ivre de tout ce qu'elle m'inspire.

Si je laisse s'évanouir ce mirage, la nuit d'après sera terrible. Une nuit entière d'épouvante. En mer ou sur terre, la solitude sera terrifiante.

Ignorant royalement les sarcasmes faciles du pêcheur, je marche vers Avril comme vers ma terre promise. Autour de nous, tout s'embrase. Le vent n'a pas tourné, c'est le même élan de ferveur qui nous emporte. Sous nos chandails, nos mains tremblent et nous trahissent. Je serre fort contre mon cœur ma dernière chance d'entrevoir pour un jour, pour une heure, le bonheur. Consumés, nos voix éteintes, nos corps frissonnants.

Il n'y a plus ici, sur cette jetée, ni départ, ni arrivée.

Il n'y a plus qu'une immense enclume.

Pétrifié, je fixe ses yeux qui me jouent la danse du serpent. Avril murmure dans sa langue quelque chose que je ne comprends pas. Ma volonté se lézarde à mesure que j'entends la douce mélodie des mots qui promettent des jours heureux. Elle me surprend par son audace. Que faire encore ici ? Dans cette ville vitrifiée où des siècles d'invasion ont déboulé vers moi pour me changer en statue de marbre ?

Je me heurte à un grand mystère. Je ne l'entends plus. Au-dessus d'elle, je compte les oiseaux téméraires qui s'éloignent vers le large. Ils sont rares à cette heure, à affronter l'hostilité du zénith. L'essentiel de la colonie demeure à l'ombre, perchée sur les plus hauts palmiers, en attendant la douceur du soir pour s'envoler. Ma tête est pleine d'oiseaux et de musique. Les promesses de bonheur ne sont que des mirages. Je pense à Gustave. Où est-il ? Navigue-t-il encore autour de l'île ?

Il y a pourtant tant de choses à faire. Plonger dans les eaux chaudes. Fouler le sable des plages immaculées. Galoper dans les plaines. Explorer les sentiers de la Sierra, déambuler au crépuscule dans les ruelles de Trinidad. S'enivrer de fièvre, de musique, et partir à l'aube, le cœur rassasié de vie carbonisée.

- Je sais où est ton ami.
- Qu'est-ce que tu me chantes, Avril ?
- Je l'ai croisé la nuit dernière.
- Impossible puisque nous étions ensemble.
- C'était juste avant minuit.
- Où ça ?
- Au bar de l'hôtel.
  Il était complètement ivre.
- Et donc ?
- Une certaine effervescence régnait autour de lui. Des artistes Cubains, des étrangers, des ivrognes, des filles…Il leur a même offert plusieurs tournées. Certaines filles lui faisaient les yeux doux.
- Pas toi ?
- Tu sais que je n'aime pas les marins.
- Oui. Je sais. Trop conquérant !
  Et après ?
  Que s'est-il passé ?
  Bagarre générale !
  Je parie !
- Pas du tout. Bien au contraire.
  C'était très joyeux.
- C'est tout ?
- Presque.

A une de mes amies, il lui a dit qu'il n'emmenait personne à bord et qu'il repartirait à l'aube…
Vers l'île de la jeunesse.
- Où est-ce ?
- Pas très loin d'ici.
C'est une île au passé sulfureux.
Jadis, elle fut colonisée par les pirates.
La légende parle même d'un trésor enfoui.
- J'aime ton histoire !
- On parle d'un mur de corail noir.
Une muraille des profondeurs où il serait caché.
- Continue !
- Seulement si tu m'emmènes.
- Comment ?
Je n'ai pas de bateau.
- Miguel va nous prêter le sien.
- N'est-ce pas Miguel ?

Contrarié, le pêcheur baisse la tête. Il aimerait lui dire non, lui crier qu'il n'aime pas cet étranger, qu'elle n'a rien à faire avec ce type de passage mais il ne peut pas. On ne refuse rien à Avril, la belle sirène de La Havane dont la voix charme et résonne comme la mer dans les coquillages.

Aujourd'hui est un jour splendide. L'atmosphère a changé. Il est l'heure de désobéir. Tout vivre avant qu'il ne soit trop tard. Dans les bars sombres du port, les accords de guitares sèches déjouent le silence des vies à qui jamais rien n'arrive. Les grands oiseaux des hauteurs font du tapage et les rares promeneurs ont des visages de cerfs-volants égarés.

Je regarde du coin de l'œil le pêcheur à tête de hochet, détacher à contre cœur sa vielle barque rouge depuis une planche de cèdre. Au fond de l'eau claire luisent les pierres précieuses des jours que l'on n'oublie pas. Quand vient notre tour, nous escaladons notre planche de salut afin de monter à bord. Assise à l'avant, Avril est encore plus belle en plein soleil, dans les reflets scintillant d'écume. De sa longue chevelure noire tressée, monte le sortilège d'un parfum de fleurs rares. Sans attendre, je murmure tout bas :

- Ecoute ma prière, douce étrangère.
  Sois mon unique et dernière aventure.
  Laisse-moi encore une chance, aux remords, une espérance. Accompagnes-moi, toi, la fille du ciel qui cache une grâce que personne n'a vu.

J'expose mon âme au vent. Me revient notre nuit, plus claire que ce jour de grand mystère. Et pendant que la barque file vers le large, je me retourne vers le phare de La Havane qui sommeille lui aussi en attendant la lune. Avril s'allume une cigarette et c'est l'horizon entier qui s'embrase.

- Parle-moi encore de cette île.
- Les corsaires la nommaient l'île des perroquets.
  Ce fut leur repaire, plus tard, celui des gangsters.
  Sa réputation sulfureuse ne signifie plus rien.
  C'est une île paisible, splendide, sertie de plages désertes où viennent pondre les nuits de pleine lune des colonies de tortues marines.
  Son rivage est magnifique, parsemé de grottes mystérieuses recouvertes de dessins.
  L'intérieur foisonne de mangroves et de marécages infestés de crocodiles. Ses forêts denses sont peuplées de singes et de chauve-souris.
  Il y règne une atmosphère très spéciale.
  C'est désormais le refuge des artistes,
  Des âmes aventureuses, des esprits libres.
  Il m'arrive parfois de chanter à Nueva Gerona.
  J'aime cette ambiance de fête…

...Les esprits chagrins diront que c'est à cause de la torpeur qui règne sur l'île, mais c'est faux.
La musique coule dans les veines des habitants.
La nuit tombée, sur le bord d'une rivière,
La magie revient.
On se retrouve au sein d'une discothèque
A ciel ouvert où l'on danse jusqu'à l'aube.
- Rien que d'imaginer, tu me retournes l'âme.
J'aimerais te voir chanter et danser là-bas.
- Ce soir. Peut-être.
Si mon groupe préféré se trouve sur l'île.
Tu verras.
Il y a Alberto, le flûtiste de charme.
Hernando, le clarinettiste fou.
Django, le guitariste classique.
Et enfin, Rubén, le pianiste surdoué.
Tous sont d'incroyables virtuoses !
De véritables génies de l'improvisation !
Ils ont l'art de nous emporter vers des galaxies musicales insoupçonnées.
Et même sous une pluie diluvienne, je ne résiste pas à danser sur leurs rythmes torrides endiablés.
- Tonnerre !
J'ai hâte d'accoster.

Chauffé à blanc, je pousse à fond le moteur poussif de la barque de pêche. La vitesse fait frémir Avril, obligée de lutter contre l'envol de son chapeau de paille.

De toute part, la lumière bleue m'assaille. La mer nous regarde, seule témoin de ce qui se trame dans nos têtes blanchies par le sel du désir. J'aime ce silence brut du présent délesté de tout avenir.

Je m'interroge. Quelle est donc cette vie qui réserve toujours le meilleur lorsqu'on s'approche des abîmes ?

Terre en vue. Sous un soleil voilé, l'île des perroquets apparait comme surgie d'un mirage. Nous accostons dans le petit port endormi. Aucun pêcheur ne traine sur la jetée. Quelques chiens errants reniflent les restes de la pêche du matin et des enfants rieurs s'amusent en plongeant du ponton.

Je regarde le ciel menaçant. L'après-midi va tourner à l'orage. A peine débarqué sur cette île, je songe aux illustres corsaires qui ont accosté ici pour cacher leurs butins. Avril vient de me cribler en plein cœur juste en passant sa main sur sa nuque après l'avoir immergée dans le calice. D'un geste, je suis fusillé à bout portant.

La splendeur m'assomme. A perte de vue, des collines irisées de marbre, des palmiers royaux, des oiseaux blancs, et le vent. Nous passons à l'ombre des arcades en ruines de la seule avenue déserte. Dans l'air flotte l'odeur enivrante de feuilles de tabac, de terre chaude et humide.

A chaque passage entre les colonnes, Avril me frôle. Elle ignore à quel point mon esprit est à feu et à sang lorsqu'elle s'approche. Sa beauté magnétique parait si frêle qu'il me semble que la moindre brise en briserait l'équilibre. Elle ressemble à une fleur rare et sauvage, ne fleurissant la nuit. Sa grâce absolue se venge de la misère.

Attirée par un air de salsa entrainant à la guitare, que l'on entend de loin, Avril presse le pas. La mélodie fait vibrer les cordes du présent. De ruelles en ruelles, juste guidés par les notes subtiles, nous nous lançons sur les traces musicales du joueur de guitare.

Sous une arcade cernée de grands lézards, couché sur sa toile de jute, un mendiant dort près de son chien, veillant sur son trésor, une boite de cèdre décorée, remplie de cigares. Il est le prince de l'air, le créateur génial de l'éphémère, le dessinateur fou d'un royaume où s'envolent, dans l'air mystifié, ses rêves. Il est l'âme poétique de l'île. Soudain, un essaim de motocyclettes brise le silence. En me retournant, je mange la poussière. Avril s'en moque. La poussière, le vent mauvais et les vapeurs toxiques, l'indiffèrent. L'essaim disparait dans un nuage bleu.

Au bout de la rue, une impasse où trône depuis des siècles, un palais de bois rose, encerclée par la jungle. Avril pénètre dans l'antique demeure sans attendre qu'on lui ouvre la porte. Songeur, j'imagine mon ami faire la même chose. Ces deux-là se ressemblent. Toujours introuvable, Gustave me porte sur les nerfs. Il est impossible que lui et son voilier se soit ainsi volatilisé. Un Swan de ce gabarit ne peut passer inaperçu, surtout devant le petit embarcadère de cet atoll. Peu importe. Je ne le chercherai plus. A chacun sa route. Au bout de chaque voyage, la victoire ou la chute est solitaire.

Et puis, désormais, je préfère mourir que de laisser Avril entrer seule en ce lieu. Gustave peut bien aller au diable. Cette fille me plait.

Une odeur de café mêlée à la fumée de havane traine dans l'escalier. Pas à pas, nous poursuivons l'écho d'une mélodie nonchalante aux harmonies dissonantes. La pénombre m'oppresse. Je craque une allumette et découvre, ébahi, une fresque historique. Entre les toiles d'araignées et les murs décrépis de la cage d'escalier, des affiches de concerts mythiques trônent depuis des lustres.

Une flamme me dévore. Quelque chose d'irrésistible. Son parfum. Je vacille. Avril le remarque.

Et c'est l'étincelle. Dans l'ombre exquise d'un palais délabré, à l'abri des regards blasés et du temps fissuré, nos corps qui s'enlacent comme si rien n'avait existé. Obscur désir qui efface d'un trait l'heure passée.

Oubliés du monde, nous nous aimons sans rien attendre de demain. Nos corps fébriles sont impatients comme s'ils vivaient leur dernière heure. Avril me murmure qu'il sera bon d'y penser jusqu'au soir, que la nuit sera belle, qu'il nous reste mille et une lunes pour faire tout ce qui nous enchante. Elle m'entraine jusqu'à l'étage, entièrement plongé dans une fumée bleue.

Nous passons le seuil d'un monde à part.

Concentrés sur des accords improvisés, deux musiciens Cubains sans âge jouent comme si leur vie se jouait à chaque note.

- Voilà notre danseuse !
- Merci pour elle. Je vous présente Jonas.
- Bienvenue à toi.

J'esquisse un sourire mais reste silencieux.

Il y a longtemps que je ne sais plus à quoi riment ces formules creuses et funestes de courtoisie. Je me méfie des oiseaux gais aux plumages chatoyants. Le charme des heures à venir ne se décrète pas. A chaque minute, j'entre en enfer ou au paradis.

Coup d'œil à la dérobée aux alentours. Aucun signe visible de séduction dans la pièce. L'inventaire du lieu est vite fait. Une table en bois rustique, quatre chaises en paille rafistolées et divers instruments de percussion posés au sol. L'endroit me frappe. Il est à l'image de cette île du bout du monde, un paradis perdu.

Sur un signal de percussion improvisé, ce monde à part s'anime. Les musiciens surdoués tapent sur des caisses en bois renversées, s'enivrant de rhum sonore pendant qu'Avril danse au milieu d'un nuage de havanes.

Médusé, retranché tout au fond de la pièce, j'admire les grands virtuoses de l'instant. Il y a tant de génie dans leur jeu, un mélange subtil de fureur et de grâce.

Avril m'ensorcèle. Je ne sais plus d'où vient ce terrible vertige. Est-ce la fumée, la chaleur, l'ambiance torride, le désir, l'alcool ? Je l'ignore. La boussole est cassée. Je suffoque.

J'échange mon strapontin de damné qui m'est réservé pour l'éternité contre une dernière bouteille de rhum. L'ivresse est une maîtresse exclusive et jalouse.

Je ne tiens plus. Je me lève d'un bond, tente de garder ma dignité en faisant un signe à la danseuse qui ravage mes sens, puis titube vers l'issue de secours.

Avril virevolte une dernière fois autour des musiciens, puis me prend la main pour m'entrainer dans l'escalier. Et tandis que les virtuoses jouent de plus belle leur ode à la gaité, nous dévalons l'obscurité jusqu'aux premiers assauts du soleil.

Dehors, la chaleur est suffocante. Avril danse encore, rit, tourne sur elle-même comme un papillon éphémère. Elle incarne tout ce que je n'espérais plus.

- Viens Jonas !
  Tu n'as encore rien vu !
  Le meilleur est à venir !
  Mais tu sais, il se mérite !
  Je t'emmène dans un lieu incroyable !

Nous nous enfonçons profondément dans la jungle aux ombres bénies à travers une forêt de bambou.

Les marécages infestés de crocodiles n'ont plus de secret pour celle qui surnage depuis longtemps en eaux troubles parmi les reptiles au sang-froid de La Havane. Rien ne semble l'effrayer. Cette fille est un être à part.

Sa fureur de vivre est le meilleur antidote au désespoir. Je ferais tout ce qu'il est possible et même l'impossible pour ne jamais la décevoir. Qu'importe le danger de se faire dévorer à chaque traversée, je passe les marécages qui grouillent de caïmans sans penser au péril.

Mon cœur bat pour elle. Il faut un certain courage pour se hisser aux sommets des grands sentiments. Plus je l'observe, plus je la trouve fantastique. Je ne sortirais jamais indemne de ce jour mémorable.

Au bout de l'interminable mangrove bordée d'une forêt de palmiers, de figuiers, de genévriers, la récompense. Une plage de sable fin sublime aux eaux cristallines, royaume des ibis et des tortues marines. Il y a dans l'air la magie vénéneuse des instants cruciaux qui passent en un instant et ne reviendront pas. Nous passons des heures à courir dans les vagues, à s'aimer sur la grève, la tête à la renverse et les yeux aveuglés dans l'azur. Une lame de fond nous emporte ailleurs.

Le paradis ou l'enfer ne veulent rien dire. Ils n'existent plus. Dans une larme d'Avril coule toute l'amertume du monde. Pour un peu de sel sur sa joue, le monde des abysses et des terres de corail, est à nous.

Oubliées, les mauvaises joies du cœur, la discorde, les vains songes, les mystères insondables d'Apolline, ce royaume des ombres où s'engouffre le mal, peuplés de monstres et de fantômes. Je chante la mélodie des âmes qui s'élèvent, des esprits qui s'enflamment sans rien se demander.

Je suis l'oiseau solitaire qui s'envole vers le ciel aux éclats opalescents de lune. Je suis cette prière intime, douce et fidèle qui me murmure que le grand amour est l'unique voie vers la lumière. Il est la fleur céleste qui ne fleurit que dans les grands cœurs.

Et c'est ainsi que sur cette plage immaculée, cernée de forêts profondes et de grottes mystérieuses, me revient l'envie d'y croire encore, de tout recommencer.

Idylle de corail, tu es l'ultime mirage, loin de la fureur, et des feux de paille.

Nous fuyons l'étuve de l'après-midi en cheminant sur un sentier sinueux à travers la canopée de bambous où même le soleil n'ose s'aventurer. Au fond d'un canyon, un bassin d'eau claire nous offre une halte improvisée. Du haut du promontoire rocheux, nous plongeons tous les deux dans le calice glacé.

Les heures irréelles de félicité qui passent sans bruit et sans heurt me laissent un gout amer. Un jour prochain, il faudra rendre des comptes pour ce temps dérobé aux regrets.

Avril nage dans les eaux pures d'un rêve.

Ni le crépuscule, éclaireur de nuit, ni le vent dans les feuilles, ni le torrent glacé qui dévale la montagne, ni la rivière aux caïmans, ni l'oiseau des cimes, ne sait où nous allons. Elle, seule, le sait.

J'entends vaguement au loin les tambours invoquant ma dernière prière qui s'éloigne dans le crépuscule.

Et même si Dieu ne parle qu'aux coquillages, j'écoute le grand magicien des ombres et lumières, délivrer ses prodiges, et faire vibrer le silence sous la rosée de lune.

Le soir qui vient sera le dernier.

Il me reste le meilleur. Célébrer avec les musiciens, ceux qui ne sont rien, les humbles, les oubliés, mais qui m'ont fait la grâce infinie de me choisir, la grande fête du solstice d'été. Comme eux, j'attends.

J'attends que les pantins de chiffons, prêts à être livrés au brasier s'enflamment sur la jetée. J'attends que le ballet des corps vibre toute la nuit sur des tambours endiablés et des chants païens.

J'ai détruit mes plus beaux châteaux de sable pour une fleur parfumée qui ne fleurit que sous la lune.

Non. Je ne frapperais pas à la porte des illuminés.

Je ne demande rien. Je ne me damnerais pas pour un festin de plus.

Laissez-moi croire encore en mon étoile.

J'ai été un enfant triste et parfois heureux. J'ai grandi derrière les hauts murs de pierre d'un monde étroit aux chapeaux trop arrogants et aux souliers vernis.

Longtemps, je fus le capitaine au long cours d'un beau vaisseau amiral. J'ai sillonné les mers chaudes, baigné en eaux troubles, parcouru des territoires sauvages jusqu'aux confins du globe. Là-bas, ce ne fut pas le voyage que j'espérais. Mes yeux d'innocence se sont liquéfiés en silence face à l'horreur de ce que j'ai vu, de ce que j'ai fait. J'ai perdu la candeur de l'enfance. J'ai tout perdu.

J'ai rêvé d'images inavouables, trainé dans les recoins infâmes où l'on égorge son prochain pour un mauvais regard, quelques pièces d'or ou parfois juste une bouteille de contrebande, toujours bien à l'ombre des lois.

Alors à mon retour, dans ma tête, rien ne fut si simple. J'ai déjoué le plus sordide des complots, inventé par une nymphe au charme ravageur, au sourire trompeur.

Aujourd'hui, j'ai chassé tous mes dragons intérieurs. J'ai tenu dans l'orage et dans le brouillard. J'ai trouvé le courage de me relever de chaque chute, d'avancer jour après jour même lorsque les mauvais coups et les tragédies pleuvaient. J'ai franchi des caps rugissants, bravé des tempêtes, traversé des océans déchainés toujours en serrant les dents, toujours en silence.

Aucun péril ne me fut épargné. Ce ne fut pas si terrible. Rien ne fut à la hauteur de ce jour inoubliable.

Mon destin s'est brisé, un jour d'été, dans un train.

Je ne regrette rien. Apolline était belle. J'étais aveugle. Le type s'est jeté sur elle. Je l'ai tué. C'est tout. Enfin presque. Le désastre fut complet lorsqu'elle me lança son irrésistible regard de velours. D'un seul clignement de paupières, j'ai dilapidé ma vie.

L'idylle tourna rapidement à la farce. Pire à la trahison. Car par un étrange hasard cosmique que je n'explique pas, l'inconnu du train est revenu. Quel choc lorsque j'ai reconnu son visage sur un album qu'elle planquait au fond d'une armoire ! Ce qui me bouleversa le plus, ce ne fut pas qu'elle m'ait menti mais que je ne pouvais plus jamais la croire.

Il n'y a pas de plus haute trahison que de tromper un cœur qui bat. Le monde s'est écroulé pour un secret. Qui était-il ? Un frère déshérité ? Un amant éconduit ? Un prétendant déçu ? Un mari jaloux ? Qu'importe.

Il est trop tard. Le mal est fait. Il est mort uniquement parce qu'elle m'a trahi. Elle le connaissait parfaitement mais n'a versé aucune larme pour lui. Et toute cette colère noire éclatant dans ma tête, m'emporta au-delà de la folie. Oui. C'est vrai. Il faut me croire. Elle non plus, je ne voulais pas la tuer. Et pourtant, je l'ai fait.

Je l'ai noyé dans le fleuve après l'avoir repéré avec ce type à la canne. Encore un revenant. Il lui a donné la liasse de billet et le mot ridicule. En vérité, c'était elle, l'Albatros. Perché en haut de l'arbre, j'ai halluciné ! Le sale type a filé en barque. Mon sang n'a fait qu'un tour.

Le désespoir mène à la folie. Et la folie au crime.

Je la revois encore comme si c'était hier, ses longs cils scellant ses yeux clos pour l'éternité. Des fleurs posées sur sa belle chevelure, son visage bleu flottait sur l'eau, entre les Joncs d'or et les nénuphars. Elle avait l'air si paisible, si sereine, en nymphe, délivrée de tout crime.

Je n'ignore rien de cet étrange maléfice qui, désormais, me poursuit à mon tour. Heureusement, j'ai toujours le révolver. Il m'accompagne en attendant le jour où ma tête coupable reposera sur son lit de marbre.

Mais cela n'a plus d'importance. Tout est pardonné. L'oiseau s'est envolé plus loin qu'il l'aurait imaginé. Gustave n'en saura rien. Il est trop tard pour lui dire. A cette heure, il est surement très loin, le cœur léger et joyeux, voguant d'îles en îles vers le golfe du Mexique. Je n'ai plus le temps de me lamenter sur mes peines. Je suis encore un privilégié. J'ai aimé. Je ne tremble plus. J'ai jeté au feu mes ardeurs, mes passions, mes colères. J'ai quitté ce monde en furie.

Je n'ai plus envie de jeter en l'air des coquillages en invoquant le ciel, ni de surprendre le vol improbable d'une libellule pour croire au retour du soleil. Je préfère la liberté du voyageur aux chaines d'un monde insignifiant. Et même si partout où je traine, je ne suis qu'un exilé de plus parmi les pêcheurs, les paysans et les oubliés, je ne reviendrais pas au pays de l'enfance volée et des mauvais songes, où j'ai réussi à vaincre le mensonge et l'infamie. Nul voyageur n'est absolument seul lorsqu'il poursuit sa véritable route.

Il y aura toujours un ciel flamboyant qui tourne à l'orage au-dessus des toits en tôle ondulée, un oiseau migrateur qui traverse seul la baie, un cargo de nuit en escale chargé de mille trésors, un enfant téméraire aux yeux frondeurs qui me dévisage et ne me reconnait pas. Sur cette route défoncée où passent de rares automobiles, la mer est toujours là, immuable, pleine d'odeurs du large et d'embruns, pleine de violence et de danger. Et tandis que les poissons volants ondulent sous la surface, que les nageoires d'argent des marlins brillent au soleil, les prédateurs rodent. Les oiseaux pêcheurs aux aguets piquent en plein vol vers les vagues, les barracudas traquent les ombres sous la houle huileuse, les squales des profondeurs font courir leurs menaces.

La vie, la mort, n'est rien d'autre qu'un ballet éternel, féroce et cruel. Et pourtant. Je préfère de loin la pêche à l'espadon à bord d'un vieux rafiot, dans les vapeurs de cigares et d'essence, mes luttes acharnées contre les courants contraires et les barrières de récifs, plutôt que les chants langoureux d'une sirène lascive de rivière, échouée sur la grève, à jamais muette.

La cruauté absolue, ce n'est pas la mort, c'est un amour sincère criblé d'illusions.

Désormais, le ciel qui me regarde n'a plus qu'un faible éclat. Je vis dans un paysage d'écume qui me hante. Bientôt, il fera nuit, éternellement nuit. Mais ce soir, tel un esthète de l'éphémère, un vagabond heureux sans toit, je marcherai dans les rues sablonneuses de la ville sans craindre qu'un chien aux aguets me surprenne.

Il y aura des odeurs de terre chaude, de fleurs pâmées, de plantations, de voyages lointains, de poussières d'or. Il y aura des odeurs de sueur, d'alcool et de mélasse, brassés par des ventilateurs à bout de souffle au sein des bars de nuit surchauffés, où pour quelques heures, encore, je ne serais plus tout à fait sûr de mourir.

L'euphorie reviendra aux heures tièdes du crépuscule. Par-delà l'horizon, par-delà les champs de canne et de tabac, la nuit se peuplera de tambours et de maracas. Viendra alors le temps de suivre la troupe joyeuse des troubadours et leur drôle de guitare. Ainsi se jouera mon requiem. Puis, soudain, dans un grand tourbillon de lumière, jaillira des ténèbres, la belle Avril, dansant, chantant autour du feu de paille. Et même si j'en crève, même si tout en elle me dévore et me tue, je ne ferais rien pour la reconquérir. Je veux que le brasier qui me consume, envoie ses lucioles dans la nuit sans fin.

Alors, au terme du grand voyage sans fin, quand l'obscurité et le silence régneront, je jetterais tous mes cailloux blancs au fond des eaux sombres du port, puis, craquerais l'allumette dont l'étincelle illuminera le ciel.

Et quand la lune disparaitra dans les brumes du passé, je cheminerais à travers la jungle, entre les lianes et les soupirs, les oiseaux blancs et les caïmans, rejoindre l'irrésistible fée au cœur de notre palais rose, là où tout a commencé, et là où tout finira.

Il y aura des fleurs pour parfumer l'air du soir et des silences complices inventés par la grâce. Il y aura des mystères tendus entre deux rives, des soleils de fin du monde qui s'écrouleront seulement pour nous et ne se relèveront pas. Bien avant l'aurore, je partirais par-delà les ruelles sombres et étroites, longer les ruisseaux des caniveaux où voguera la lune jusqu'au bout du voyage.

Avril ne m'entendra pas. Elle dormira profondément, toujours enroulée dans la toile tissée dans la nuit de nos souvenirs qui palpitent et crépitent encore sous sa peau. Finalement, cela vaut la peine d'aimer avant de mourir, juste pour vaincre le néant.

Le vent sera tombé. Juste le clapotis de l'eau troublera la surface. Seul à bord, l'aurore sera là, emportant vers le large mes dernières prières. Le révolver sur la tempe, il n'y aura aucun doute, aucun regret. Je serais prêt.

Sur cette belle île perdue, j'ai coulé des jours heureux. Je ne resterais plus longtemps en ce monde sans trêve. Mon âme est fatiguée de se sentir coupable.

Une balle, une seule, et tout ira bien.

Une balle dans la tête, avant de vraiment se détester. Une balle pour rester digne et libre jusqu'au dernier souffle. Quitter ce monde étranger et rejoindre enfin les abysses. Une balle pour un saut dans l'éternité.

Bientôt, je passerai le seuil de la maison des ombres.

Comme un vagabond errant dans la nuit, mon fantôme se promènera sur le boulevard du Malécon, parmi les noceurs, les artistes et les amateurs de havanes dormant au fond des impasses dans leurs sacs de jute.

Adieu aux sourires venimeux, aux vains sortilèges. Adieu aux joues fardées cachées sous leurs ombrelles. Adieu à la laideur qui fond au soleil sous son masque de cire.

Je pars pour un autre monde mystérieux, peuplé d'êtres étranges, de créatures, et qui déjà, m'appelle.

Je sais que la nuit prochaine, je serais leur semblable. Avril est l'ange venu pour m'annoncer la nouvelle.

Et lorsqu'enfin, je m'envolerais, elle sera là, en témoin muet, pour se souvenir de nous sans aucune nostalgie. Je serais toujours pour elle, non pas le disparu, mais celui qui revient, même lorsqu'elle ne m'attendra plus.

Et quand les soirs d'orage, Avril se promènera sur le boulevard qui fait face à l'océan déchaîné, elle verra alors apparaitre, dans les gerbes d'écume se fracassant contre le mur invincible des souvenirs, l'éphémère arc en ciel de notre histoire immortelle.

Il y a un spectacle bien plus grand que le ciel et la mer, c'est celui de la beauté de l'âme.

Il me reste l'éternité pour contempler Avril.

L'amour est plus fort que la mort.

Photographies couvertures :

© *iStockphoto.com / samuiboy*

© *iStockphoto.com / windzepher*